你那樣愛過別人了。

You
Loved Someone
Already

葉揚
YEH YANG
——著

曲目 Repertoire

序
Preface

請談談你記得的愛情故事。

過去一年裡，我東問西問，開始蒐集這樣的故事。

當人們對我的問題感到疑惑時，我會用引導的方式說，不用緊張，請想想「愛情」這兩個字，然後試著描述第一個在腦中冒出來的事情。就是那種躲在心裡面，沒有人知道，小小的一段。

「什麼都可以嗎？」

「嗯，任何東西都可以。」

「真的是很小的事情喔，可能很普通，不是很有意義的。」

「請不要在意，只要直接說出來就可以了。任何故事都可以。」

於是帶著稍微害羞表情的人們，緩緩說出聲音來。

對我來說，這些說故事的人——其中一半是男人，一半是女人

——就像愛情星球裡的嚮導，帶著我四處去旅遊。嘿，你有來過這個星球嗎？這裡的景色很優美，天氣有時清爽，有時雨很大。深深吸引我的，是藏在裡面，那些真實而坦白的心情。

其實我從沒想過這些愛情紀錄，有一天會變成一本書。

不像是大眾期待的重口味，這些愛情似乎不夠驚天動地，不保證擁有完美結尾，有些甚至帶點可笑的成分。

然而，有意思的是，特地被大腦標記起來的細微感情，有一種從此幸福快樂以外的特別。

我很珍惜這樣微小的愛情故事。

相信你所記得的那一段，一定也很美。

愛，很奇妙。
如果要我捐一個腎給先生，我一刻都不會猶豫；
但如果他要我順道去藥妝店幫忙買罐刮鬍膏，我卻會覺得很煩。

——美國作家　**格雷琴．魯賓** *Gretchen Rubin*

Track 1

你那樣愛過別人了

因為提供不了純粹濃烈的愛情服務，他換女伴的速度開始加快。她們來來去去，甜蜜地擁抱親吻，共同迎接陌生的第二天早晨。

想聽聽我的感情生活嗎？沒有性愛場面喔。很乏味的，怕妳睡著。他說。

穿著體面的他，今年剛滿三十歲，他左手拿著一杯咖啡，右手輕鬆地拎著一個公事包，沉穩設計的黑色皮鞋，看上去是稱職的白領上班族。

跟別人沒有什麼不同，剛踏入社會時，他曾經轟轟烈烈地愛過一個女人。那女人比他大五歲，有一張清秀的臉，偏瘦的身體，複雜的個性。他無可避免地被那樣的條件深深吸引住，他熱切地追求她，把自己擺在一個很卑微的位置。然而那樣的一廂情願終究沒有成功。

當時，在酒吧裡，他喝得微醉才敢開口表明心意。

但女人比誰都清醒，「抱歉這樣對你回覆，不過我對感情沒有嚮往。」女人用一種惋惜的口氣說話：「坦白說，到了我這個年紀，各式各樣的男人我都看過，尤其像你這種的，」她指指他的臉：「請務必不要浪費感情在我身上。」

失落感像黃昏的陽光灑滿他的身體，他吞了一口酒，裝作明白似地點點頭，或許她就是因此而迷人。她只對事業有興趣，其他東西，就像是鐵製的錨，都沉到心的底部去了。

總而言之，他沒有為難她，他站到一邊去，默默地守候，用自己衡量出來的安靜而有禮的距離。

直到他滿了三十歲。家人的急切詢問跟自己的空白讓他明顯焦慮起來。坐在他隔壁，有個可愛的助理，仔細想起來，他不怎麼討厭她，於是決定往前走。

他們交往了五個月，過程中風和日麗。「對不起。」有一天在茶水間，那女孩說：「我不能在這樣的關係下，繼續假裝幸福地生活，我很明白，你對我好，但不是真心的。」

「我對妳是認真的。」他握著茶杯說，女孩心意堅決地搖著頭，他感到無助。

「交往一年後，我想跟妳結婚。」

「我們要的東西不一樣，這種事情騙不了誰喔。」那女孩一面露出為難的表情，一面向他說明：「我才二十三歲，我不要結婚，我要轟轟烈烈、純粹濃烈的愛情哪。很可惜你不是這樣的對象。」

「我也可以那樣對妳，我知道怎麼做。」他強調著，他真的懂得什麼叫做愛情。

「你很明顯地**那樣**愛過別人了。」她擦掉眼淚，側過身來準備離開。「對男人來說，這種事只有一次。你明白嗎？」

他點點頭，讓女孩先行走開，不過五個月的約會，她已經把他看透徹了。

終歸，他又獨身一人了。夜晚不工作的時候，他去酒吧喝酒尋歡。花生米有四種口味，紅酒他喜歡香氣裡有酸味的年分。

因為提供不了純粹濃烈的愛情服務，他換女伴的速度開始加快。她們來來去去，甜蜜地擁抱親吻，共同迎接陌生的第二天早晨。

寂寞躺在他左邊。

後來他聽說，那個讓他轟轟烈烈地愛著的女人，是某個老闆長期持有的第三者，他們的關係在第五年被發現，她離開原來的公司，一切都結束了。

不曉得為什麼，他為她感到難過。當年她對他那樣冷淡，其實自己也是熱心地愛著別人，跟他一樣得不到全部啊。

他按照往年擺脫不了的習慣，在她生日的時候，送花到她的住處。他想，她應該也是這樣吧，在家裡等著某個人，期待一個男人剩餘出來的關心。可惜那個人不是他。

平心而論，世界用某種詭異的方式，相當平衡地運作著。

那個助理女孩得到真愛了嗎？

他不知道。自從分手以後，他們相安無事地坐在隔壁，除了午餐飯盒的內容以外，不再討論其他的話題。

到底該怎麼辦才好？他從不曾對誰不好，但一個他深愛的女人愛著別人，另一個女孩說他沒有全力以赴。他拿捏不出輕重比例。

最近，連酒吧都引不起他的興趣了。那些湊過來甜笑的女孩，仗著自己年輕，膽大包天。可是一想到她們跟他本質上一樣，不知道自己在哪裡時，有一種蒼老的感受，讓他的心情，好像一瞬間乾掉的泥土。

「請務必不要浪費感情在我身上。」

他坐在角落，客氣地跟那些主動搭訕的女孩說。

Track 2

現在什麼都不同了

她不是沒有想過一次只跟一個男人，但現在什麼都不同了，時間變得很重要。她不是貪心，而是看清了自己的能耐。仔細盤算，她在四十歲之前，還有撈的本事。

掛上電話時，男人還在客廳，她對著反光的窗整理好頭髮，躺進被窩裡。兩分鐘後，男人拿著一瓶酒走了進來，他把年分高聲念出來，她回了一個迷人的笑，把被單掀開，讓他看到薰衣草色的蕾絲內衣。

一切都如她所預料的，發生得不快也不慢。

男人把深紅色的葡萄酒放下，邊解開襯衫，邊向她靠近過來。在不被發現的限度下，她快速地瞄了時鐘一眼，十點四十五分。她計算著同一時間，另一個男人正抓起鑰匙，準備驅車前往她的住處，車子低沉而持續地發出聲音。今天是她的生日，就像其他的好日子一般，她的心情如同作戰，一刻都不容許鬆懈下來。

「喂，妳還沒有拆生日禮物呢。」激情過後，她起身穿衣，方才握著酒瓶的男人，手指著桌邊的一個小盒子，微笑著說。

她望著男人的眼睛，他舒服地陷在床墊裡，看起來非常快樂，好像這輩子第一次那麼快樂地活著。他在高興什麼呢？她不知道，對她來說，男人總是太輕易地顯露出情緒，這是難以理解的事情。

「讓我回家再打開。」她拿起盒子，用嫵媚的姿勢扣上胸罩，把桌上的酒瓶拋到床上，「我喜歡一個人的時候，拆禮物。」

「妳高興都好。」男人瞇著眼睛，鬆散著身體。

秒針一下一下地搖動，十一點二十二分，就要來不及了。

她把墨綠色的蛇皮高跟鞋套上，給正在床上開酒瓶的男人一個吻。

「生日快樂。」他說。

「晚安。」她回答。

夜色從淺黑到墨黑向前推著，計程車像是鮮豔的黃色小旗子，在街頭滑行前進。四周很安靜，司機嚼著檳榔，看著無聲的電視。

寧靜中，坐在後座的她用大衣掩飾著，輕輕慢慢地把絲襪套上。在剛剛激烈的拉扯下，絲質的內衣肩帶鬆脫了，她索性將另一邊的肩帶卸下，塞進皮包裡。

在巷口下車時，她看見那輛ＢＭＷ停在前頭。今晚沒那麼容易結束，她吸了口冷風，把大衣口袋裡另一個男人贈的鑽石戒指套上，額間掉落的頭髮收攏，走上前去。安靜的天，沒有月亮雲朵，風吹著落葉，葉子跟空罐頭在地面滾動。夜裡只留下不可思議濃稠的靜。她打開後座車門，將皮包放下，男人回頭，她看了他一眼，接著就像一場個人秀，慢慢地，她脫下大衣，鬆開髮髻，拉下洋裝的拉鏈，露出無肩帶的光滑肩膀。

「不好意思遲到了，我知道怎麼補償你……」她低聲地在他耳邊細語。

男人的眼睛盯著她的動作，什麼話都沒有說。她在他面前拉下胸罩，脫下內褲，只剩手上的珠寶和銳利的高跟鞋，墨綠鮮豔的蟒蛇皮。

深黑色的轎車，走出一個全身赤裸的女人。她不疾不徐地，用跳舞似地腳步下了車，男人將座椅傾斜向後，昏黃的路燈，豔紅色的唇，她打開前門，跨坐在男人身上，那雙顯眼的乳頭，垂吊在他的嘴角。

「生日快樂……」空氣裡，飄蕩著濃郁的法式香水味，她將男人的領帶解開，讓男人沒有說下一句話的機會。

回到四樓的公寓，已經是一個半小時之後了。

她泡了一杯咖啡，混合了牛奶，用小湯匙叮叮咚咚地攪拌。時鐘規律地行走著，無論她珍不珍惜，仍然毫不留情地移動過去。她口中還殘留有男人的味道，兩個男人混合的奇異口味。這樣的氣味讓她放下發燙的馬克杯，皺著眉頭走到浴室漱了口。

這兩個男人是認識的。與其說是運氣，不如說是設計好的先後順序。在募款餐會上，她先是認識了總經理，接著是坐在一旁的董事。

從小到大，她喜歡冒險。她也不是沒有想過一次只跟一個男人，尤其是年輕的那段日子。但現在什麼都不同了，時間變得很重要。跌跌撞撞中，她學會不把感情看成一樣純粹的東西，而是投資的組合形式。一頭漲，一頭跌，她關心的，是整體獲利的結果。她並不是貪心，而是在這個年紀看清楚了自己的能耐吧。仔細盤算的話，她在四十歲之前，還有撈的本事。

天漸漸以藍灰交替的態勢亮起來。這夜在無聲的歡騰過後，就要自行褪去了。過了夜半，她翻來覆去睡不著，便用手機打開社交網站。有幾個生日祝福的訊息，輕盈地彈跳出來，那話語甜甜蜜蜜地，和她的生活拉出一條深深的鴻溝。嗯，這幾年來，那些不識相、問她何時嫁人的朋友，也逐漸少了。

塗鴉牆上一張全家福出遊的照片，吸引了她的目光。她點進一個親近朋友的個人頁面瀏覽，有個尚看不出性別的小寶寶，坐在卡通人物的蛋糕前面拍手。跟她同一天生日，瞪著圓圓的眼睛，穿著淡藍色連身衣，嘴裡吐著泡泡，彷彿永遠不會受傷似地，被緊緊抱住。Baby Blue。無來由腦海裡出現這個字眼，那是她三十歲之後的衣櫥裡，絕不可能出現的顏色。

她伸了一個懶腰。又老了一歲。好奇怪，竟一點點難受的感覺也沒有。或許這是上次勵志節目提到的，女人懂得愛自己的結果。

複雜的，簡單的，野心勃勃的人生。癱坐在沙發上一會兒，她想起什麼似地，爬下床，打開皮包裡瞧。有兩個靜靜躺在裡頭的珠寶盒子，一副耳環，一條項鍊，她仔細戴上後，站在鏡子前面，望著自己閃閃發光。不知怎麼，雖是兩個男人挑的禮物，卻像是約定好似地，剛好搭配成一個系列。

那是當然。她帶著得意的心情想著。

有錢的男人啊，昂貴的鑽石啊，怎麼樣，總是配得好好的。

Track 3

到底我們都是一樣的人

我們都是為了生活，儘管面對著有缺陷的東西，最後還是說好好好、沒關係，就那樣妥協下去的人。這樣的人，眼淚是倒流的。

「妳知道嗎，我被深深傷害過喔。」

她是那樣開頭說這個故事的。就這麼突如其來地冒出這句話，沒有其他鋪陳。儘管過去這幾年，我跟她並不算非常熟的朋友。我們不過是很久不見的國中同學，一起參加同學聚會，碰巧坐在旁邊而已。而且我們原本還熱烈地談論著國中時代流行的偶像歌手。那是三分鐘前的話題。

「妳知道嗎，我被深深傷害過喔。」一陣短短的沉默之後，她這樣提起。

我抬起頭看她，她比以前瘦了很多。但說話時，眉間細微的表情，還是讓我記起當年短髮圓臉的模樣。由於腦袋中還有剛剛討論的林志穎，擺著帥氣姿勢的殘影，我不知道下一句話該說什麼。於是只能微微地上下點點頭，接著左右搖搖頭。

「那是剛進公司的時候，當時我跟大學男友已經交往了三年多，妳記得嗎？我好像在哪次同學會裡，有給妳看過他的照片，你們是同個星座的。」

抱歉，我不記得了。我說。她無所謂地搖搖手。

「並不重要。總而言之，畢業以後，我進了一家國貿公司當助理，有一個小主管開始追我，很認真的，以結婚為前提的方式追求。我覺得很迷惑。

「妳知道的，那小主管跟我男友比較起來，事業算是成功很多，他還買了一間三十多坪的房子，在中正區。因為慶祝業績達成的關係，我跟其他同事一起去過一兩次。

「在那個年紀，我什麼都沒有，我男友也是。大部分的時候，我們月底就把薪水花個精光，月初要繳的房租，還要用現金卡先借錢出來還，對於吃人的循環利息也只能默默地忍受，就是一點辦法都沒有啊。

「欸，說出來妳不要笑喔，其實對我來說，在臺北市那種精華地段，我小主管買的那間三十幾坪的房子，就跟城堡一樣。」

「這沒有什麼好笑的啊。」我回答。

我向她表示，最近我也在看房子，臺北市衝高的房價比立刻頭下腳上倒立的腦充血還厲害，所以我可以理解她的意思。

「當那個小主管提出交往的請求時，我很掙扎，我畢竟不想要變成那種見錢眼開的女人。

「但真的追究起來，我的男朋友什麼都沒有，這也是事實。我只要閉上眼睛，就看見兩個人坐在家裡為錢煩惱的畫面。真的不騙妳，兩個人好悽慘地在家裡面，把皮夾裡所有的錢都掏出來，翻著沙發椅的角落，撈著每件牛仔褲的口袋，拚命找零錢，但算來算去都不夠的那種畫面，非常清楚地映在腦袋裡，像是用馬克筆畫圖一樣，擦也擦不掉。

「請不要這樣，我很愛我男朋友。我向小主管這樣說。

「但我說的時候總是有點猶豫，每聲明一次，意志就像被美工刀削薄一次。那小主管告訴我，妳不用急著決定什麼，只要讓我繼續照顧妳就好。我願意照顧妳，也希望妳願意。他就這樣說。表情很平靜的樣子。」

一個年輕的服務生走過來，依序地替我們這桌的女生倒了水。她舉起杯子啜了一口，安靜地望著搖晃的水面。

「一年後，我就跟男友分手，然後嫁給了他。」

我張大眼睛，盡力掩飾驚訝的表情。

在這件事裡，沒有人能扮演仲裁者的角色，我當然不行。旁邊幾個同學大笑著說著其他的話題，她也跟著隨意地輕輕地笑了一下。

不知道為什麼，她輕聳的肩膀，對映著我的表情，我們像是立在天平的兩端。從她的笑容中，似乎也感覺到了那個有些不以為然的感受。但她沒有嘗試多做辯解，只是繼續將自己的故事說下去。

「結婚以後，我將工作辭掉，也是他的主意。我覺得也好，天天住在那個三十坪的城堡裡面挺愜意的。我變得很賢慧，偶爾去做做瑜伽，學些家庭式的料理，還養了一些魚，把水族箱當作家裡的護城河。

「就這樣過了兩、三年吧，跟大部分的婚姻沒什麼兩樣。我們有些好過的日子，也有些艱難的日子。倒是錢的部分，沒有需要特別擔心的地方。

「有天晚上，喝了一些酒、躺在身邊的先生，突然轉過頭來對著我說：嘿，說出來，妳不要太介意，**其實我最愛的人不是妳喔**。

「他這樣說的時候，我的眼淚就快掉出來了，但他還是一臉認真的表情。我問他知不知道自己在說什麼，畢竟他看起來有點喝醉了。

「但他臉紅紅地說，我就是有點醉，才敢這麼誠實講出來，我其實沒有那麼強烈地愛妳，我強烈地愛過另一個女人，不過已經過去了。

「放心啦，我不會拋棄妳的啦。他安慰著我，又繼續向我解釋。

「他說，當時他賺的錢少，女方的家人覺得他沒出息，所以沒有辦法結婚。後來，他工作順利，升了官，賺了一點錢，但為了自尊，他也不願回頭找她。『時機就這樣過去了』，他嘆了一口氣。

「最近他常常想起她，先生告訴我，她是他這輩子用盡力氣去愛的女人。

「很多事情就是這樣，當初最想要在一起的人，因為一些原因，沒有走到最後，兩人就因此各自過著懷有遺憾的人生。他覺得很可惜。」

哇，好瘋狂的男人。我說。但他這樣說太過分了。

「這還不是最過分的部分。」她接著說，我注意到她的眼角微微抽動，裡面閃著一些說不上來的成分。

「最後，先生居然一臉理所當然的問我：『喂，妳也是這樣，不是嗎？喂，妳不也是拋棄自己的情人，後來妥協地嫁給我了嗎？』他逼問著我，我不知道該如何是好。

「他還理直氣壯地對我說：『妳不要那個表情，我們都是為了生活，儘管面對著有缺陷的東西，最後還是說好好好、沒關係，就那樣妥協下去的人。』

「喂，妳不要不好意思，**到底我們都是本質一樣的人啊。**」

說到這裡，她停下來，像是徵詢意見似地，她轉過頭看著我。反倒是我一下子不敢直視她的眼睛，低下頭來攪拌著熱牛奶。

「所以我說，我被深深傷害過喔。」她淡淡地說著。

「那當下，不是誰傷害誰的問題，沒有人真的可以怎樣欺負人。妳明白嗎？那當下，先生酒醉地說了那樣的話，我才發現我是被自己給陷害了。

「誰也沒有逼我，是我做了那樣的決定。三年前，有兩個男人要我的時候，我選擇的是現實，不是愛情。而我現在要自己負責這樣的後果。我被現實緊緊黏著，就不能要求愛情也同時存在裡面。至少我的情況不行。

「很好笑吧，像我這麼實際的人，在這種情況下，躺在先生身邊，住在城堡裡面，要是抱著愛情麵包兩種兼得的奢望，就太不現實了。」

我了解的她，不過是十多年前，穿著制服一起打掃廁所的模樣。那時候的我們，背著同樣的書包，讀著學校規定的課本，人生沒有那麼多的條件跟選擇。

她不停地搖著頭，表情複雜。整段話裡，她用各式各樣的方式笑著，沒有掉下一滴眼淚。「不過，就算是再實際的人，再多了解現實社會的殘忍的人，也還是會無可避免地，被現實給傷害的喔。我想說的是這個。」

天灰灰的好像要下雨了。

我平常是多話的人，但一時之間，在她一口氣說了這麼多事情以後，卻不知道該怎麼回答才好。

「現實很逼人，對嗎？把人都逼得不成人了。」

當細細微微的雨，終於忍耐不住地飄散在地面時，她下了這個結論。

嗯。

轉頭望向窗外的雨勢，我不能再多說什麼，只能用一個字，緩緩做了回答。

Track 4

連跟自己一樣的那個人
都不要自己了

現在連跟自己一樣的那個人，都不要自己了。
但有什麼辦法呢？後悔不是吃藥就能治好的病。

二〇〇七年

她不是故意要參加那場喜宴，事實上，在那場喜宴裡，她一個人都不認識。一切都是伴郎的提議。

「妳今天晚上要做什麼？」

傍晚的時分，他們站在影印機的兩側。她跟他，因為公事，利用網路來回通信，已經認識了一段日子。但今天是她第一次見到他，跟照片裡不太一樣，他有著秀氣而挺直的鼻梁，笑起來有點害羞。她望著影印機送出來的紙張，這是她第一次到香港。

「嘿，妳今天晚上要做什麼？」影印機完成了工作，喘氣似地歇息下來，他一面收著手邊的檔案，一面對她發問。

「我會自己想辦法，找個地方吃飯。」她表情輕鬆地回答，貌似瀟灑。當個經常出差的商務人士，她學會不麻煩任何人，自己照顧自己。我自己有計畫，我自己有辦法，變成她的口頭禪。今天晚上，如同每個出差的晚上，她早已決定回飯店去，打開電視，叫客房送餐。這裡人生地不熟，她只有一個人，哪裡都去不了。

「這樣嗎？」他歪著頭想了一下：「要不然跟我一起去吃飯吧，我有一個好地方可以去，不仔細挑剔的話，菜也算是很好吃。」

那邀請直直地朝她射過來，迫使她臉頰泛紅。

這是光靠電子郵件往來無法得知的事情：他的眼神溫暖迷人，她閃躲不過。

那個時候她還不知道，今晚，他要帶她去的地方，是一場喜宴。他是伴郎，身上掛著紅紅的小花，新郎是他的高中同學。

在喜宴裡，雖然她一句廣東話都聽不懂，但吵吵嚷嚷的笑鬧中，她知道全桌的賓客都在打量她。

她是誰？

怎麼從來沒看過？

她是他的誰？

她優雅地保持微笑，避免尷尬的對看。她告訴自己不要理會其他人，把視線望向臺前。她唯一認識的人，穿著灰色西裝，直挺挺地站在那裡。他們相隔五桌的距離。

他們用目光連起一條如蠶絲般的細線，穿過五桌的距離，他們通過那條細線，說起話來。

嘿，這裡的人都覺得我很奇怪。她用唇語對他說。

大家都覺得妳很可愛。他遠遠地用唇語回答。

我肚子好餓呀。她摸著肚子抱怨著。**這裡真的有飯吃嗎？**

再過十分鐘就上菜了。他指了一下手錶。

那你知道第一道菜是什麼嗎？她接著問了下去，為了好玩，這次她講得特別快，想要測試他明不明白。

這時進場音樂用富麗堂皇的方式隆重響起，探照燈打在進場的大門，大家嘩啦嘩啦的喧鬧著。周圍一片黑，他換上認真的表情，整了整西裝，目光對著門口微笑。溝通的細線斷了，她也跟著轉過頭去。

這件喜事對她來說，喜怒哀樂都扯不上邊，她一下子覺得自己非常孤單。門打開以後，是興高采烈的新郎新娘，兩個裝扮慎重的陌生人。

「小姐，那邊的伴郎要我過來跟妳說，請好好享受晚餐，盡量吃飽一點。」一位穿著藍色制服的侍者走過來，他拍拍她的肩膀，「另外，他說，今天的第一道菜是龍蝦。」

她不可思議地張大嘴，黑暗中，他開心地咧開嘴對她笑著。那個她唯一認識的人，笑得像個興奮的孩子。

那一刻，是玫瑰花瓣撒下的顏色。

二〇一二年

當他從淺藍色的門外走進來的時候，她一下子沒有辦法呼吸。歲月好像跟他談過特殊條件似地，他的笑容依舊，姿態依舊。鼻梁秀氣挺拔。這些令她猛然想起，和他上次見面，已經是十五個月前的事情。

他的喉結是她看過的所有男人中，最好看的。

從上次的那場喜宴算起，好幾年的日子，就像風呼呼地一陣吹過去了。她上市了六個產品，他簽了四個代言人。他們在同個公司上班，有時在同個辦公室，有時沒有。誰都沒想過，彼此居然花費了整整五年，除了站在影印機旁邊、籠罩著曖昧以外，沒有更進一步的互動。

後來，兩人又各自換了幾家公司，但依舊是在相同的產業裡面，相似的工作內容。或許是時機不恰巧，或許是兩人之間沒有任何一方有足夠的勇氣，他們一直沒有走到一起。真正的原因其實誰也不知道。

因為工作出差的巧合，他們又在相同的城市裡相遇了。

如同以往，他打電話過來，他們約好在飯店的餐廳見面。

「嘿，這是我第一次見妳穿著長褲呢，我總是以為妳沒有洋裝以外的衣服。」他指著她說。從前的她，一起工作的那幾天，她總為他特意打扮。

「這也是我第一次看你，穿得這麼簡單啊。」她回答著，他身上穿著灰色的T恤，搭配藍色刷白的牛仔褲。「請問這是你平常在家裡穿的睡衣嗎？」然後他們相視笑了起來。

一切都是那麼熟悉，他替她拉了椅子坐下，他們準備點菜。一個服務生走過來，為兩人倒水。他對著菜單唸出幾個菜名，詢問她的意見。

時間就像是用來刷淡感覺的溶劑，她在他的眼中，不再像個公主般地優雅現身，他也不再穿著燙平的襯衫，開著光亮的轎車，提早在樓下等待。雖然什麼話都沒有說出口，但兩個人其實都明白，他們之間，那個追求的心情，就像洗過幾回的舊衣服，那份鮮豔已經淡了。

他點了公仔麵，她點了雲吞湯。他們也不再需要昂貴的價格來襯托約會的氛圍。

「妳還是喜歡一樣的甜點嗎？」他問。

她點頭。「還要一份豆沙鍋餅，給這位小姐。」他對服務生說。

等待上菜時，相互寒暄，討論這個城市的天氣、當地人的口音和食物的味道種種的話題，都像是排練過似地流暢演出。

接著，不知道是誰先起頭的，他們用一種坦白的態度，聊起了以前的事情。

「我告訴你一個祕密，我當初喜歡你好多年，遠勝過普通朋友的程度耶。」

無論時間是否為時已晚，她凝視著碗盤，把當初沒有說出口的話，用一種正式的語氣說出來。在她心底，她認為（或許是很幼稚的想法），確切指出兩人沒有虛度那段曖昧的時光，這個實情能讓彼此都好過一點。

「我也喜歡妳，超過朋友的程度啊。」他露出潔白的牙齒，惋惜地笑了一下。

「不過在當時，那應該不是祕密喔，好像全辦公室的人都看得出來。」

現在，二〇一二年的某個秋天晚上，他們都有各自的伴了。

她用習慣的方式，凝視著他的臉。

他不算是帥氣的男生，但眉宇之間，有股討人喜歡的單純氣質。而他也用一種溫柔的方式回應地看著她，那不帶迴避任何事物的表情，彷彿一塊溫熱的海綿，可以洗刷她的心。

我不知道自己能不能再碰到一個跟他一樣的人。她在心裡想著。

他是這個世界上，用同一個靈魂模型打造出來的，另一個她。一個跟她喜歡同樣電影，討厭同樣菜色，走路經常同手同腳的人。她記得有一天，她從廁所裡哼著歌走出來，遇上正在走廊上拿著茶杯的他，那時他們意外地發現，兩個人正唱著同一首歌。

在工作上，他們總是同一戰線，選出同樣的促銷產品，選出相同的代言人。當大老闆們意見分歧時，他們不需事前溝通，就能給出一致的意見。有一次，他在午後帶了甜點回來，放在她的桌上，他抬起頭，望見她正在他的位子旁，擺上一杯熱咖啡。

每當他們在網路的聊天室裡碰到，在有共同朋友的場合見面；或是，好幾次他們在城市裡漫無目的地走路，不小心在大街上面對面地遇見時（這樣的巧合發生過十次以上），那感覺，就跟照鏡子一樣。

而我卻一再錯過他。

「但是，我們怎麼搞了半天，結果還是沒有在一起呢？」她皺起鼻子質問他。

「說實在的，這個問題也困擾我很久啊。」他抓著後腦勺回答。

如果天上真的有神的存在，他們就是神設計出來天生就適合的組合。

她確定自己再也沒有這樣的好運，再遇到一個這樣的男生。

「坦白說，你送我當生日禮物的那件衣服，我根本穿不下。」她壓著眉心，不好意思地說：「但因為愛面子的關係，我還是留下來掛在衣櫥裡了。總不能打電話跟你說『喂喂，我根本沒有你想得那麼瘦』吧。不過被喜歡的人送了昂貴卻又不合身的衣服，真是很麻煩。」

「在我心裡，妳那時候長得就跟MODEL一樣。現在想起來，愛情真是盲目的啊。」他喝了一口茶苦笑著，好像吃了不得不誠實的藥丸似地，他接著開口：「那我也要告訴妳，每次跟妳見面，我都不得不洗兩次澡。」

「為什麼？」

「因為妳老是遲到呀。我洗完一次澡出門，就接到妳的簡訊說：『抱歉，因為工作的關係要改晚點見面。』於是我又跑回家，滿身大汗只好再洗一次澡。好幾次都發生這樣的狀況喔，連我媽都覺得我這麼密集地洗澡，可能有毛病。」

男女之間的實話，變成一種笑話大集合。

就這樣，他們一直笑，一直笑。直到眼前擺了滿桌的菜。

「其實我覺得是你的問題，」她拿著湯匙，帶著一絲責怪的語氣。「有一次我喝醉了，你送我回飯店，我把門打開，邀請你進房，是你自己不進來。」

他一面把麵撈起來瀝乾，一面抬起頭來看著她。總算，他們跨出那一條線，現在可以同時直視對方。

對著他時，我在鏡子裡看見我。

「妳記得嗎？妳第一次到東京出差時，我剛好也在東京，那個晚上我們突然發現對方都在同一個城市裡。」

她點點頭，和他有關的記憶，都有獨特的色彩跟分量。

那時她才二十四歲，還留著長髮，習慣化淡妝。「那時我提議妳到我的飯店住，我們可以省一晚的住宿費，然後開一瓶好酒喝。」他用筷子指著她的臉：「當時，妳也是沒來。」

「我是淑女呀。」她笑著反駁。「怎麼能你要我去飯店房間，我就準時出現呢？」

「我也是紳士才問得那麼含蓄哪。」他滿嘴嚼著麵，含糊地回答。

有時候，她會忍不住幻想，要是當時拋下一切，義無反顧地跟他走在一起，現在的他們會過著什麼樣的生活？她會更快樂？還是會後悔呢？他，是不是也曾經跟她一樣想過這樣的可能？

「明天要早起開會嗎？」他問。

「不，明天下午就坐飛機回去了，早上沒有安排任何事情。」她查看了下行事曆。

「你不是明天也飛嗎？或許在機場，還能見到你。」

以前的他，要是知道她隔天可以睡晚一點再去機場，他會再和侍者要些甜點，拖延兩人的用餐時間；他會追問她第二天的班機時刻，不顧一切地開車到機場跟她吃頓飯，再回到市中心的公司上班。

「或許會碰到吧。」他抬起手來告知服務生準備結帳。

曾經，他們抓緊每個短暫碰面的機會，盡可能地把握兩個人獨處的時間。

今天的他卻拿著皮夾準備結帳，只說了句「或許」。

「我去上個洗手間。」她用餐紙巾擦擦嘴角，他挪出位置讓她走出來。

她越走越快，終於用小跑步的方式進入廁所。鎖上了門，一屁股坐在馬桶蓋上，穿著牛仔褲沒有刻意打扮的她，把衣服領子往上拉，蓋住整個頭部，那情緒跟著湧了上來，讓她痛苦地哭了起來。

不清楚自己是為了什麼原因而哭，可能是，這輩子她從來沒有勇敢追逐過什麼，對夢想、事業、感情……都是一樣。

軟弱，是我個性裡面的一部分。她非常瞧不起自己那個部分。**原來我是有什麼東西出現，就全盤吞下的那種人，我從來就不敢跳出框架外。**

眼淚停不下來地流著，她拿出鏡子，看著裡面的自己，沉默不語。**這樣的人，要怎麼幸福快樂呢？**她摀住嘴，不讓自己哭出聲音來。**現在連跟自己一樣的那個人，都不要自己了。**哭也來不及，還是別哭了。是我的問題。我還能怪誰呢？

她只容許自己五分鐘的難過，小心地用面紙拭去眼角的淚痕後，她對著鏡子，擦上蜜粉跟口紅，把妝補好。這幾年過去，不靠化妝，就掩飾不住地老了。

她緩緩走出洗手間，假裝什麼事情都沒有發生過。

現在，他們變成朋友了。

也許我們之間有過什麼，但已經沒有了。

他坐在桌前，拿著手機講電話。

別哭。

「那麼，」她故作輕鬆地，隨意提起一個話題。「跟我說說你的新女友？」

「非常奇怪的一個女生啊，有時候神經兮兮的，不是很有安全感喔。」他這樣回答：

「她說我不是很容易了解，所以老是翻我的簡訊，查我的行事曆，就跟我媽一樣，讓人覺得莫名其妙。」

「你很喜歡她嗎？」

「對著妳，好像沒有辦法回答這樣的問題耶。」他說，表情有點不好意思。

是我的問題。我還能怪誰呢？

「妳呢？什麼時候要結婚？」他吐了一口氣，問了另一個問題。

「等我，」她搖著頭，喉嚨梗著一下才接著說：「等我工作不那麼忙的時候吧。」

「喔。」他點點頭，沒有接話。

服務生把帳單跟信用卡交還給他，她拿出錢來，被他推了回去。

「下次再換妳請客，到時結帳的時候不要再溜去廁所喔。」他開著玩笑說。

然後在沉默裡，他們並肩踱步走到門口，互相揮揮手，禮貌地道別。

「我幫妳叫輛車回去？」

「不用了，我走走，飯店很近的。」

她在他轉身前，先轉過去。她決定一個人在這個城市裡逛逛，這樣可以拖過獨自躺在陌生床上的難受。

一步一步踏著灰白的石子路，走回飯店的路上，她傷心地想著他，以及他說的那個神經兮兮的新女友。

曾經，他是左腳，她是右腳，他們是這樣只有零點幾公分差異，幾乎完全相似的兩個人。

她懷念在喜宴裡，他穿的那套灰色西裝。

我連一次都沒有吻過他。

新女友對他好嗎？他也會說笑話逗她開心嗎？

別哭。

這些問題都已經失去意義了。

時間和機會，不是永遠站在她這邊，就這樣左腳右腳地走，可能發生的愛情，已經靜悄悄走過去了。現在剩下的，只有一些模糊不清的鞋印子。

光靠幾個痕跡不明的鞋印子，他們已找不回來時的路。

鞋子沒試穿，也看不出本身的好壞啊。但有什麼辦法呢？

後悔不是吃藥就能治好的病。

「謝謝今夜美好的晚餐。」走了一段路後，她在一個花圃旁停下來，站著不動，傳了今晚最後一封簡訊。她不是個小女孩了，不能什麼都要，不能什麼都賴皮。

「不客氣。」他回答。那聲音輕如羽毛。

她轉過身，他手上拿著一把黑色雨傘，兩眼看著她。花圃開著黃色的小花。

「不客氣。」他又再說了一次。灰色的T恤，藍色刷白的牛仔褲，目光的蠶絲細線，唇語。

同樣，他們兩人，大約相隔著五桌的距離。

Track 5

第三者常以為別人才是第三者

有什麼樣的男人，會似雨水蒸發般地離開？每天下班回家，她將家門打開時，心裡總有一股盼望，像火柴劃過盒子旁的粗糙面一般，發出煙硝味道。

如果她的愛情生活是一首歌，現在是間奏時段。歌詞欄一面空白，只有空蕩蕩的音樂節拍砰砰作響，主唱不在麥克風前，沒有人開口唱歌。

她打開門，發現男人走了，家裡除了搬不走的大型家具以外，屬於他存在的痕跡都沒有剩下。

他們是在去年開始同居的，靠近捷運站的一個小小房子，她還記得兩人開車運著七十多個紙箱，花了五天才搬完。

他走了。這是她的第一個念頭。

她為了消化這個資訊而跪在地上，一陣子爬不起來。

但他沒有將鑰匙歸還。因此她天天等著他回來。**他會回來**，她這麼相信著。有一天他會將身體深陷在沙發裡頭，慵懶地對她微笑。彷彿一切都沒有怎樣。她情不自禁地這樣幻想。

有什麼樣的男人，會似雨水蒸發般地離開？

她在腦子裡想了又想，在他消失之前，他們沒有爭執，沒有跡象。

每天下班回家，她將家門打開時，心裡總有一股盼望，像火柴劃過盒子旁的粗糙面一般，發出煙硝味道。

但他沒有回來。消失了二十五天之後，她才發現他可能真的不會回來了。

有一部美國影集，講述一個女孩子在婚禮前離開了男主角，「對不起，我沒辦法，請不要找我。」她在鏡子上用口紅這樣寫著。

故事的後來，男主角才知道，那女孩是被人抓走了。他誤會了她。

她在床上翻來覆去地睡不著，「會不會他也是被誰給抓走了呢？」她害怕地想道。

隔天早晨，她將從網路上找到的電話號碼撥出，跟徵信社約了時間。她拿出幾張他的照片，說明他消失的情形，然後繳了錢。

「就您的推測，這位先生有可能是因為什麼樣的事情而消失呢？」對方客氣詢問。

「我不知道。」她說。儘管她寧願他是被抓走了，也不想面對他主動離開的可能。

徵信社沒有花上很多時間，就找到他了。一個微風微雨的下午，他們來到家裡，攤開幾張他出入餐廳的照片，要她作確認。「是他沒錯。」她點點頭。在照片裡他看起來胖了一些。

「我們查出他最近結婚了，妳知道這件事情嗎？」對方用同情的口氣說話，她覺得痛苦憤恨。「我不知道。」她回答，眼淚流了滿臉。此刻，她寧願他是被抓走了。

一切都是誤會一場。

徵信社的人說，男人離開以後，不到一個月內，便娶了另一個女人。那女人懷有身孕，一直以來，那女人是他在外宣稱的女朋友，並不知道她的存在。

這下好了，除了她自己，沒有人知道這段關係的存在。

當她回到家時，夜已經深了。這次她來不及打開門就坐在旁邊的樓梯上。

真的刺傷她的，是那個徵信社人員接著說的那句話。「其實這種事很常見喔，**第三者常常以為別人才是第三者呀。**」

黑夜裡，她打了一通電話給媽媽，聽著媽媽的問候，試著讓淚流出來。

她不能說，這兩年來，她是第三者。屬於不知情的那一類，不曉得這樣的定位，能不能讓她博得應有的同情。她不確定，自己有沒有資格哭。

電話另一頭，媽媽叮嚀著天冷了，要把厚棉被拿出來。

「妳等一下，爸爸說他也要跟妳講話。」她把話筒壓緊耳朵，「爸。」她喊了聲，至少有個男人，把她的存在當作一回事。

黑夜裡，她獨自一人，喝了酒，接著吐了一地。

不是因為那個男人。她想，從今以後，她做任何事，都不再因為那個男人。

Track 6

請走到我看不見的地方

有時候，他覺得這個世界就像被一刀劃成兩半的蛋糕，要不是這一邊，就是另一邊。在中間的他，一點甜頭也嘗不到，這是自然的道理。

繩索斷掉了，他站在清冷的風裡，沒有前進，也沒有後退。

有時候他覺得這個世界沒有設計一個居所讓他站立，他常常感到無助，像在擁擠的捷運車廂裡，逼得被懸空兩隻腳似地，腳掌因為不確實而有冷颼颼的情形。

他剛剛跟一個三十六歲的男人分手，從今天傍晚五點二十六分開始，他是孤獨存在的同性戀者。天空因為灰暗而看不清雲與雲的距離，他幻想著下雨，他要套著新買的風衣，在路上淋著雨奮不顧身地前進。

自從他離開家後，就無法被義務性地愛著了，他不是不知道這點，可是他還是願意試試看被陌生的人愛，那年才二十四歲的他想，這世界不會對我這樣殘忍吧？畢竟那時他還是個年輕的孩子。

過去的八年裡，他有過四段感情。

第一個戀人，是個跟他同年的男孩，在忠孝東路擺地攤。雖然大學畢業，擁有所謂白領階級的謀生技巧，但當時他跟那個男孩，嚮往嬉皮式的生活型態。每天，他們晚上賣力地工作，接著到酒吧裡聽鋼琴演奏，漫無目的地喝酒笑鬧，在清晨的時候做愛，然後天慢慢亮起來，他闔上眼睛，抱著旁邊男孩的肩膀，聽他胸口沉穩的心跳聲，愛情的濃度迷幻醉人。

後來，那個男孩離開了臺灣，說是要到美國闖一闖。「我跟你一起去。」他說，但男孩搖著頭，執意拒絕：「我想要一個人去試試看獨立生活，請你諒解。」

喔。在心碎中他說。

他願意讓他走，甚至為了表示祝福，還給了男孩一筆錢。有時候天真是一種愚笨，他深信過了一段時間後，男孩就會回來找他。當地攤收攤後，他不再去別的地方，扛著賣不掉的流行服裝走路回家，在兩人租屋的地方，忍耐著等候。

可是男孩沒有回來，幾個月後，連電子信箱都聯繫不上了。

或許天長地久的愛情，不適用於同性戀者。他這樣想著。

春天來的時候，他在一家中型的貿易公司，開始當起上班族，負責文具進出口的業務，載著滿滿原子筆的貨運船，從東南亞開進港來，他準備好海關單據領貨，工作並不算難。

第二段感情，是一個外國人，棕色的頭髮，灰色的眼睛。他們因為工作上的往來而熟識。像是看出什麼端倪似地，外國人在某一天晚上，在巷子裡吻了他。

「今晚到我那裡去好嗎？」外國人用純正的英語喘息地問著，沒有想太多，他像隻順從的小鹿般點點頭，一旁夜晚路燈發出柔軟細緻的光亮。

外國人兩個月才來臺灣一次，一次停留五天，他很快就不能滿足這樣的生活。「我想要辭職。」交往八個月後，一夜的激情過，他在男人的懷中提出這個想法。

「辭職以後去哪裡呢？」

「任何能跟你在一起的地方。」他回答。外國人笑起來，你這個傻子，他說。

那天以後，他們便不再聯絡。好像火車到站一般，人們依序下車，各自往自己的方向走。

接下來的日子，到底是不是賭氣他也說不清楚，一個帶有強勢個性的女人出現在他的生活中，他便用一種被動的心態，無所謂地讓她愛了一段時日。

當然，最終的時候，他不願意娶她，事情便發展到不得不破局的那一步，「嘿，對不起，我沒有辦法。」他一面說，一面望著那個性堅毅的女人無可抑制地流著眼淚，他覺得自己是罪不可赦的壞人，他愧疚地伸出手要抱她，女人後退了一步。

你離開。她說。從此以後，請走到我看不見的地方。

好。他鬆了一口氣，把手收回。

在十字路口站了一陣子後，天已經漆黑下來，他穿著風衣，在臺北街頭快步地走。有時候，他覺得這個世界就像被一刀劃成兩半的蛋糕，要不是這一邊，就是另一邊。在中間的他，一點甜頭也嘗不到，這是自然的道理。

第四段感情，才剛剛結束，雖然仔細說來誰也不欠誰，但他現在什麼都不願意想。他以為這幾年過去，痛楚會減低，可是月亮為什麼沒有出來？雨為什麼還不下？他需要好好淋一淋，想清楚人生，到底在哪裡出了什麼問題。

不過，光是想清楚，又有什麼用處呢？

紅燈的時候，他沒有停下，被一輛摩托車撞到身體，風衣的帶子纏上了車的後座。幹。他聽見戴著藍色安全帽的騎士，皺著眉頭說。

嘿，我的風衣破了。這是他的第一個想法。關於愛情，關於性別，關於界限分明的蛋糕，他的心情像汗溼的薄衣。

騎士離開以後，他站在馬路旁邊。「幹。」一向有教養的他，忍不住小小聲地對自己說。

Track 7

不需要她屬於我

到目前為止的人生裡，他沒有戀愛過，沒有倒在路邊血流不止、血跡斑斑的失戀過程。
然而他怎麼能喜歡一個人，到其實不需要她屬於自己的程度呢？

他對她的感情，就像一個禿頭認真翻著髮型雜誌的樣子。

這樣的形容很奇怪，坦白說他的頭髮很多，算是濃密的類型。但今晚在日本料理店吃飯，當他耐心聽著她說著自己工作的事情時，一個頂上無毛的中年男子，興意盎然地站在書架前，翻著髮型介紹書的畫面，很莫名其妙就這樣冒出來。「沒有錯，我跟她的關係，就是這個樣子。」至少他認為是非常貼切的描述。

認識她是九年前的事。他們是大一同學，當時她站在教室門口講著電話。

「你為什麼這樣對我？」

不知道發生了什麼事，她緊握著手機，講得眼眶泛紅。他坐在後門，盡量把目光放遠，不去注意她激動的神情。

「我對你那麼好，可是你居然這樣對我。你以後怎麼樣我都不要管你了。」

她說完這句話，就把電話狠狠掛上，一個箭步在他的斜前方坐了下來。

「可惡的爛人。」她自言自語著，「大爛人，大爛人。」

那是大學開學的第一個星期。夏天就像不肯罷手的流氓般占領著世界，天空裡除了惡狠狠的太陽，連一朵白雲都沒有。一位女老師站在講臺前，親切地要大家一個一個輪流自我介紹。他百般無聊地看著同學按照學號順序站起來講話，那些人神采奕奕地說著自己的興趣跟對未來四年的期望，志向都非常遠大。

不知道為什麼，他無法不盯著她看，她把頭放得低低的，肩膀一上一下地抽動著，在座位上幾乎哭了起來。

「下一位同學，宋以潔？」

老師喊出這個名字，她過了五秒才舉起右手，揉揉眼睛站起來。

全班的目光往她的方向投射，她又揉揉自己的鼻子。

「大家好，我是宋以潔，你們可以叫我小潔。」她發出沙啞的聲音，微微皺著眉頭。從他的角度看過去，她的鼻子非常可愛，細細翹翹地，以一種調皮又稚氣的姿勢，停在小巧的臉上。

「對不起，我今天過敏得很嚴重，所以看起來怪怪的。」她指指自己說，「平常是個活潑的人喔。請多多指教。」

「那麼請好好保重吧。」老師這樣回答，大家很能體諒地點點頭。

就這樣，她小小地鞠個躬，微微一笑，收了收衣角坐下。

是那個無所謂、帶著神祕的輕笑，讓他從那一刻起，無可救藥地喜歡她。

後來他們就跟一般的大學生一樣，自然而然地聚在一起，一起吃午飯，分在同組做報告。他們都是一群人一起行動，很少單獨相處，但他刻意地跟她選擇一樣的課程，為她跑腿借筆記，盡其所能地幫助她。希望有一天，她能突然領悟到，他是合適的男友人選。

很遺憾地，好幾年過去，這件事情在他的暗自期盼下，始終沒有發生。她陸續交過幾個男友，都不是他。每當那些男生讓她生氣，她就跟他抱怨，「要是他像你這樣了解我就好了。」她抱怨著。但過幾天他們和好以後，「其實他有很多優點喔。」她又會笑瞇瞇地替男朋友辯護起來。

他會替她買檸檬汁當早餐，她看起來很樂意接受，不過從不讓他請客，堅持自己付錢。他有時候想，在她的心裡面，他是一起看電影、談小說，討論生活上細碎麻煩事的朋友，純粹又互不相欠的關係，除此以外其他什麼複雜的感覺都不存在。

他不能怪她，這件事，他自己要負大部分的責任。

她幫他介紹過幾個女生朋友。他說不需要，謝謝。

「你眼光很高喔。」她盯著他看。

「才沒有。」他回答：「才不是這樣。」

在那個時候，他應該開口說，**我喜歡的就是妳啊**。可是他把那句話吞到肚子裡。

「不需要，謝謝。」他只說了這個。

她曾誤以為他是同性戀，提議要找幾個男生朋友讓他認識。而他露出驚愕的表情。

「要不然你說說自己喜歡的女生條件？」

「一時說不上來。」他這樣說。

在那個時候，他應該大聲回答，**我喜歡的女生條件是像宋以潔這樣的女生**。可是大部分的話，都留在他的心裡面，每次當著她的面，他該表達的東西，都說不上來。

「電視上說樹獺是世界上移動速度最慢的哺乳類喔，大部分時間都是動也不動，一天只能移動幾公分而已。」有一次她提起這件事。

「就像我一樣啊。」他說。接著慢慢地把手放在桌上。

「就像你一樣。」她指著他的臉笑了很久。

一年一年過去，他對她越來越好，她累積的男友人數，也越來越多。不是有一部很紅的連續劇這樣演嗎？一個無論如何都守候在女孩身旁的朋友，最後變成了她的情人、她相守一生的丈夫。

對他來說，那畢竟只是演戲而已，真實生活中，女孩也可以一直不理會你的人生。

大學畢業以後，每年他只能見她幾次，她陪他過生日，他為她慶生，三個月左右同學會聚餐一次，春夏秋冬共四次。到目前為止的人生裡面，他沒有戀愛過，沒有倒在路邊血流不止、血跡斑斑的失戀過程。但他用自己的方式去愛，從來沒有停止關心她，她傷心的時候，他晚上就抱著電話睡不著。

有一年的情人節，他真的去花店訂了一大束玫瑰，鮮紅色的花，一大把逼得他都快睜不開眼睛，倒是結帳時的價錢，讓他的眼睛瞪得又大又圓。「這把梳子真不是普通的貴啊。」在象徵意涵上，一個禿頭男子，腋下夾著春夏最新髮型雜誌，一面付了錢，一面感慨地想著。

當店員給他一張卡片時，如同往常，他在那一刻退縮下來，只寫下祝福的話，沒有簽名。

「希望妳愉快。」他這樣寫，心裡確定她永遠想不出送花的人是誰。

他怎麼能喜歡一個人，到其實不需要她屬於自己的程度呢？

他不期望有任何人能夠理解他對她的感情，大部分的時候，他自己都不理解。

今天他滿二十七歲了，她在日本料理店裡為他慶生，送他一個果汁機。

「天天喝果汁就能青春永駐喔。」她剪了一個清爽的短髮，帶著可愛迷人的表情。

他高興地收下。不知道哪來的信心，他覺得她是喜歡他的，只是不是愛，也沒有性的衝動。

「嘿，我決定下個月要去新加坡工作了。」她把落在額頭上的劉海收攏到耳後，像是無意間提起一個話題似地，告訴他這個消息。「以後就不能像現在這樣，常常看到你。」

他把頭抬起來看著她，壓抑住傷心。他誰也不是，不能請她不要走。

「喔。」他說，自己不過是個頂著光禿禿頭的男子。

「你要好好照顧自已喔。快點找個女朋友啊。」

「喔。」他低下頭，把吃剩的高麗菜絲一把塞進嘴巴裡，除此之外無話可說。

「我會想你的。」她越過桌子，伸手捏捏他的肩膀，繼續說著話，倒是她的眼睛不自覺地紅了。「我會想你這個朋友。」

他點著頭。說了一些祝福的話。那本厚厚的髮型書，那把精美的梳子，那隻掛在樹上一動也不動的樹獺，事到如今不知道該怎麼處理才好。

這不是一個驚天動地的愛情故事。他一開始就知道，那齣火紅連續劇中，兩人熱情接吻的圓滿結局，不是他們前進的方向。而夜很深了。

她堅持付帳，他沒有拒絕。他望著她從皮夾裡拿出信用卡，她側過臉時鼻子的弧線，依舊完美無瑕。

她要離開了，去一個以我緩慢的速度來說，根本移動不到的國家。他一面想著，眼眶發著熱氣，一時之間，那失落的感受很難解釋，他說要去洗手間一下，就頭也不回地跑掉。

馬路上的風吹得微微的，把地上的塑膠袋推著跑。不過，讓她在那樣濃烈的愛中不知不覺地活著也沒關係。只要，他可以在整條路上盡心盡力地奔跑，那樣，好像也很好喔。他抱著一臺嶄新的果汁機，在冷清的街道上站著。

新加坡的機票一張多少錢？如果春夏秋冬都去一次，能不能便宜一點呢？

她穿著米色風衣走過來，主動給他一個擁抱，然後彼此道別。

就像往常一樣，他等待著，直到她的背影在盡頭消失，才往另一個方向邁開步伐。

沒關係，不過就是禿頭男子，熱中地研究髮型雜誌那樣而已。他這樣想。

Track 8

曾經有那麼多男人等著她

她覺得在愛情世界裡，自己好像剛剛破產的失敗者，到處都被貼上白色的封條，股市大跌，物價飛漲，只有她一個人緊緊抓著自己的錢包。

說實在的，她是個條件很好的女孩：國外名校出身，身材苗條，事業成功，髮質膚質都在很好的狀態，個性上也沒有特別可以挑剔的地方。

也就是說，以外人的眼光來看，她保持單身，一定有自己的理由。

二十出頭的時候，很多男人追求她，實際上有多少個她算不清楚，算太仔細會讓她有難過的感受。總而言之，那段日子裡，那些男人在她身邊搖晃，用各式各樣的方式，開出色彩豔麗的羽翼，竭盡所能地討好她。在模糊的印象中，她收過幾支錶，一些名牌珠寶、化妝品跟香水，還有幾張免費的機票食宿。

但是，不知道是哪個確切的時間點，突然一瞬間，圍繞在她身邊的男人一一消失，最後一個也沒有剩下來。就好像是一條看不見的橡皮筋，被反覆拉緊放鬆過後，啪噠一下斷掉了。

她花了一些時間，檢查發生過的事情，但什麼蛛絲馬跡也找不到：體重沒有上升一公斤，沒發現臉上任何新的皺紋，工作也沒有特別忙，雖然位於二十歲的尾端，她不覺得自己出現老態，笑起來的時候，還是一樣甜美可人。但周圍一個男人都不剩，大家都默默為她擔心，卻是不爭的事實。

三十一歲生日的時候，她買了一個草莓蛋糕，獨自回家吃。連續一年沒有男人追求以後，她不再等待。

沒關係，她告訴自己，從今以後，得想個辦法認識男人。

她在網路上找到了一間聯誼公司，登記好自己的姓名資料，螢幕彈出一個視窗，要她選擇心儀對象的必備條件。

三十五歲以下。

國外大學畢業。

具雙語能力。

一八〇公分高。

風趣。

善良。

有專業的工作。

無離婚紀錄。

不管別人怎麼想，她不認為這些條件過於嚴苛，說穿了，她只是尋找一個跟自己相符的人。至少，在人生裡，她要對得起自己。

您的資料已填妥，目前尚無匹配成功對象，我們將繼續為您尋找。她看見系統顯示出這段話，聳了聳肩，把電腦關起來。

某天，有個配對服務專員打電話來，跟她表示有一位四十二歲的醫生，離過一次婚，大致符合她的條件。

「根據妳列出的要求，如果妳放棄這個機會，我不能保證能找到有更多吻合條件的人選耶……」那專員似乎很煩惱，他特別在「不能保證」這四個字上加了重音。

她緊握著手機，不容許自己妥協，在些許失望中，她回答：「謝謝你，我再等等看。」說完以後，她把電話掛上，癱坐在沙發中間，用大大的抱枕把自己圍起來。

後來的三、四個月，這個宣稱擁有八萬個會員的聯誼公司，依舊沒有給她任何好消息，倒是連續發了幾封訊息要求她降低先前設定的標準。照他們的說法是，她必須適當地寬鬆目標條件，以獲得更好的「幸福機率」。

明明不是這樣的。

她覺得在愛情世界裡，自己好像剛剛破產的失敗者，到處都被貼上白色的封條，股市大跌，物價飛漲，只有她一個人緊緊抓著自己的錢包。

沒關係。她安慰自己。沒關係。

春天的時候，一封配對成功的信來了。他們以不可思議的口吻（真是非常過分）通知她，要她盡快把信中的規定與詳細資訊列印下來，並安排時間約會。

根據公司的條款，這兩個會員不能私下見面，必須在約好的時間出現在約定的地點，無論喜不喜歡，都得對談一個小時，以保證彼此雙方達到足夠的了解。

她站在印表機前，等不及列印完畢就彎下身偏著頭閱讀。對方的資料一行一行地顯示出來：

美國哥倫比亞大學，建築系畢業。

三十三歲。

一八二公分，七十二公斤。

未婚。

那感覺跟中樂透彩差不多。

為了慶祝，星期六下午，她穿上花了大筆錢在百貨公司買的淺藍色洋裝，將頭髮吹彎，依照規定時間赴約。服務人員對她點頭微笑，領著她進入一個小會議室。

她挺起胸，整了整衣服，對著鏡子補了下口紅，確定一切平整無瑕。不知道是過於緊張還是等待白馬王子蒞臨的過程出奇漫長，在小房間裡，她對著空白的牆壁，一口氣喝下了整杯水。

這件事她沒有告訴任何人。她有一種不光彩的心情，不知道自己這樣做對不對。

接著，那個男人出現了。在薄層的玻璃房間中，她只看見一部分的他，那陌生男人臉上帶著口罩。

「高小姐嗎？妳好。」他打了招呼坐下。

「你好。」她點點頭，他有著一雙親切的眼睛，其他部分都很神祕。

「你……感冒了嗎？」她指指他的口罩。

「欸……不是這樣……」

「喔。」

空調吐出的氣冰冰涼涼的，她拿起水杯，才發現裡頭一滴水也不剩。

「妳可以喝我的水。」他把面前的水推過去。「反正我戴著口罩不能喝。」

對坐的一陣子，就像是棋逢對手的實力確認過程。他們談了一些漫無邊際的留學經驗、工作內容以後，她終於忍不住開口問：「為什麼你要戴著口罩呢？」

「這真是太不好意思了，」男人用食指壓著眼睛，左右搖著腦袋：「坦白說聯誼是我媽媽的主意，我不想聽她的，故意設下很高的條件，從來不期望有天能夠配對成功……

「妳懂那種感覺嗎？我相信世界上存在著完美適合的人，卻又不相信自己能夠**靠這種方式**找到她……」

他繼續說著話：「但**妳**就這樣出現了，這簡直是不可能的事。當我知道世界上有這樣的女生，完全符合我的期待，年輕，高學歷，事業有成……我真的很期待，尤其今天看到妳這麼漂亮……」

她露出淺淺的笑容，不曉得該接什麼話才好。

「總而言之，我好興奮，昨天還打電話跟媽媽報告，夜裡還煩惱著今天要談的話題而睡不著……」他雙手合十，口氣誠懇，她有點被打動。

無來由地，他話鋒一轉：「對了，妳剛剛走進來，有看見這間配對公司的大門嗎？

那個……奇大無比的……一扇透明玻璃門？」

「啊？」

「我就是興奮得昏了頭噢，完全沒看到那個幾乎透明的門。一下子走太快，一頭撞上門，結果門牙掉了。」

「啊？」她張大嘴。夢中情人的門牙掉了？

「一顆還是兩顆？」為了掩飾驚訝，她接著問了一個沒有大腦的問題。

「一顆啊。」他點點頭，指著自己的口罩。

「嗯，很不幸，這就是我必須戴口罩的原因。」

後來，他們又聊了一些別的事情。

在那六十分鐘裡，他列舉了一些過去的經歷，很多都非常有趣。但因為門牙的關係，某些字他發不清楚。她盡量想出一些適當的問題，以化解她聽見那颼颼的風從牙縫竄出的聲音。

「任何問題妳儘管問，我沒有門牙都來了，**保證**誠實回答。」他這麼說。

「拜託你把口罩拿下來，至少讓我看一眼你的臉，我**保證**不會笑你。」她要求。

但對方始終不願意，用手掌緊緊壓著口罩。就這樣，他們兩個人互相保證著，卻沒有交集。

一個小時過去後，服務人員進來，請男士先行離開房間，到外面等待。

「一切都還好嗎？」服務人員詢問。

「可以麻煩再給我一杯水嗎？」她說。此時她的心情非常困惑。那男人到底是個什麼樣子的人，她一點概念都沒有。

服務人員為她倒了一杯水，接著拿出一張空白小卡片，放在她面前。「如果妳願意繼續和他交往，就在這張卡片裡，寫下自己的電話號碼，這樣就算配對成功。如果沒有興趣，保持空白就可以。等一下我們會進來收走這張小卡，再跟你們聯絡。」

她點點頭表示明白。

「妳好好想一下。」服務人員說完這句話，就出去了。

白馬王子的影像，像是接收器接觸不良的畫面，上下不停抖動著。坐在房間裡的她，拿著筆，望著空白的小卡片，空白的牆面。那條看不見的橡皮筋，被反覆拉緊鬆開，拉緊鬆開。

什麼都不能做，只能讓腦袋一直思考一直思考。

沒想到設下種種條件之後，最後卻還是困在這裡。

一直以為多一個伴，就會多一分安全感。但國外大學畢業，身高一八〇公分，未婚，都無法幫助她相信他是一個正常運作的男人。他甚至連拿下口罩，讓她看一看的勇氣都沒有。

她不該來這裡，曾經有那麼多男人等著她選擇。

此時腦袋只想著一個人吃著草莓蛋糕。

難道為了一顆門牙，就放棄送上門的幸福？

送上門的人，居然自己一頭撞上門，又怎麼會有她要的幸福？

沒有門牙的人只能吃蛋糕，不能吃草莓。
當初她怎麼會相信聯誼社有浪漫的愛情？用卡片這招蠢死了。
裝好新的門牙以後，他們會是令人欽羨的一對嗎？
要不要跟一個戴著面具，只看見半張臉的男人展開交往呢？

真的，要嗎？
難道，不要嗎？

有時候，她好討厭自己條件這麼好。
有時候，她相信完美的愛情不該考慮機會成本。
她嘆了一口氣，把空白卡片放進信封裡。

等下走出那扇透明玻璃門後，她要換一個新的甜點，回家慢慢吃。

Track 9

我愛他愛得很衝動

衝動沒有關係，不相配沒有關係，社會怎麼想也是他們的事。能夠懷有不勉強的心情誠實地相愛著，從各種角度來看，就算得上非常好的愛情。

不管別人怎麼想都不干我的事，我愛他愛得很衝動。

第一次見他，我記得是在一場大雨中。我剛經歷一場不甚順利的會議，灰頭土臉地從廠商的辦公室走出來，迎在我面前的，是一陣毫不客氣的大雨。他冒著雨，穿著輕便，站在卸貨區的地方指揮工人搬東西，看起來很年輕。困在路邊的屋簷底下的我，這才發現自己的手機沒電了。

除了望著雨，只能往他那邊看。

「真慘，雨很大喔。」他走過來，對我說了這句話。

我們就是那樣認識的。那天他不知道用什麼理由說服了我，開著卡車載我回公司。在路上他告訴我，他在去年剛開了一家搬家公司，兼做一些辦公室整修的工作。

我告訴他，我在外商公司上班，在財務部門裡面負責採購審核的工作。在說明的時候，我很懷疑他聽不聽得懂。

「哪天你們公司要搬或是整修的時候，通知我一聲。」他對我一笑，用原子筆在紙上寫下自己的電話號碼，遞到我的面前來。我那時的印象是，這個人怎麼連一張正式的名片也沒有。

一個機緣下，我打了電話給他，請他來公司估價，他很隨興地在之後約了見面，我也說好。

剛開始當朋友時，我覺得很新鮮，他跟我工作上會遇到的人都不同。他賺的錢不多，因此很少帶我去高級餐廳吃飯，從來也沒有一起看過電影，我跟他在一起時，花了相當時間理解彼此，那過程挺愉快。

大部分的時候，我們在國道上開著他的大型卡車跑來跑去。

在卡車裡面，他喜歡放很吵的音樂，隨著節奏動來動去。我把高跟鞋脫掉，椅子傾斜，雙腳抬高交叉地放在窗邊。他不覺得我奇怪，我也不覺得他奇怪，遇到熟悉的歌曲時，我們就一同扯開嗓門，哇哇大叫地唱著。

跟他戀愛的過程，我經歷了一段跟平常都不一樣的人生。有一天他教我隨著節奏用頭一拐一拐地跳舞，我因此還扭到脖子，得去看推拿師父。

因為工作的關係，他每天開著車東西南北跑，經常發現很多好吃的東西，有時他會到公司樓下，特地帶一份好東西給我吃。我接到電話，就搭電梯下來，過個馬路坐進他的車裡，他開著車，播放轟隆隆的音樂，一聽到他高聲歌唱時，我就開始吃。

為什麼會愛上他啊？這個問題我自己問過好幾十遍，可能超過一百遍都有。其實我不知道該怎麼解釋才好。知情的朋友笑說我們兩個就像迪士尼卡通裡的小姐與流氓。我不覺得是這樣，很多情況下，他過得比較優雅，我才是習慣逞凶砍殺的流氓。工作時我的脾氣比他壞多了。

交往了九個月以後，到了打算結婚的那一天，我把他打扮得正經八百的，帶他回去給爸媽看。我們約在一家餐廳，他穿著很體面的西裝出現。大家寒暄了一陣，才順利坐下，開始上菜。

「你是一家公司的老闆？」餐盤碗筷交錯中，爸爸開口問。

「對。」他回答。

「他主要是負責大型公司的物流作業。物流在臺灣的供應鏈裡，算是很龐大的一塊產業。」我字斟句酌地補充，盡量美化，但避免說謊。

「你的客戶都是些什麼樣的？」

「嗯，各種都有……」他搔著後腦勺回答不上來。

「各種行業都需要他公司的服務啊，像是搬遷的辦公室或擴大的廠房都是他的客戶。」我揮著手，用出一連串的模糊名詞解釋，接著再技巧性地轉移話題：「爸，這道菜很有名，你一定要試試看……」

我們合作無間，他動作迅速地把熱熱的菜放進爸媽的碗中，露出和煦的笑容，爸爸抬頭道謝，沒有再追問下去。

就算外人看起來很奇怪，我還是要繼續。

我發現，在這段關係裡，我一點勉強的感覺都沒有。他喜歡唱歌多過於說話，我喜歡他本身多過於那些所謂門當戶對的男人。多方複雜的考慮是我工作上的需要，不是我在感情裡追求的主題。

戀愛有很多種。

而我們就這樣結婚了。

很少人知道，我的先生究竟做著怎麼樣的工作，也很少人知道白天是女強人的我，休閒時刻都做些什麼。有時是假日，有時是夜晚，在各個海岸線、國道、休息站，我們經常漫無目的、快活地開卡車唱歌。他嚼著口香糖吹泡泡，我光腳掛在窗邊，單單這件事，就能讓我非常高興。

前幾天有年輕的女生問我關於愛情的想法，我告訴她：

「只要是兩個人，能夠在不覺得有任何勉強的狀況下，快活地相處在一起，那麼，這就是非常好的愛情。」

嗯，我想對於這點我是肯定的。衝動沒有關係，不相配沒有關係，社會怎麼想也是他們的事情。能夠懷有不勉強的心情誠實地相愛著，從各種角度來看，這就算得上是非常好的愛情。

Track 10

如果這是你要的我也可以接受

不得不承認，大多數時候，生命裡第一個狠狠愛上的男人，形塑了女人對愛情的能見度。

親愛的，在寫這篇文章的時候，我想的不是故事的順序，不是內容的編排。我想的是妳。

從短短頭髮的妳到長長頭髮的妳，從十幾歲的妳到二十幾歲的妳，從對愛情熱中的妳到學會隱藏的妳，妳長出各種各樣的保護顏色。我也在必要的時候，戴上社會裡面需要的虛假模樣。我這才發現，我們兩個，認識對方好久了。

而我告訴過妳嗎？妳是我見過，非常好的一個女孩。善良、幽默、傻氣、可愛。

我在心裡面希望，世界不要再用任何方式，抓住機會傷害妳。

前天妳說，你跟剛交往的男朋友吵架了。

「基本上是他一直罵我，我站在那邊聽。」

我追問妳事情的緣由，妳沒說什麼，「很小的事情。」妳這樣回答。

時間跟男人，都讓我們從小小的女孩中長大了。就像一顆石頭一樣，堅硬的裡面不僅僅只有堅硬。長大的裡面，夾帶著傷害、世故、淡然和知道何時閉嘴。

在電話裡，妳說了妳的考量，你們之間的差異，我就像妳的前輩似地，對妳提問，討論妳們之間問題的結構與出路。妳問我有沒有相同的經驗，有沒有比較適合的應對方法。

我知道，妳想要我的意見，可是對於愛情，我也不比妳懂得更多。

妳不要我擔心，所以當我細問他究竟對妳做了什麼時，「人生氣的時候，說出來的話都不好聽啦。」妳閉上嘴巴，把那些骯髒的詞句，用自己慣用的方式，一口吞下。

妳從以前就是這個樣子。妳不擅長說男人的壞。

第一次被愛情傷害時，我們坐在操場旁邊。那時已經是夜晚，妳看起來不太對勁，傳了一張紙條出來，我們溜出晚自習，書包還放在圖書館裡。

妳一直哭，激烈而持續地哭，說不完一句話就接著哭。那個男人對妳不好，那個男人騙妳，可是妳愛他，這是妳第一次愛人，所以妳沒有戒心，用了所有的自己。

然後妳說妳胃不舒服，接著就在溝邊吐了。

我一直記得這件事，妳一面哭一面吐的事，妳用手背抹著臉，表情帶著痛苦跟不服氣，我跟另一個女孩，陪著妳蹲在路邊，妳的頭朝下乾嘔，那時是夏天。

那個我們都不太認識的男人，周旋在兩個女生之間，來來回回，傷害了妳很長一段路。妳在那幾年，在他打電話來時，出門見他；在他不打電話來時，獨立照顧自己。

他瞞著妳結婚，妳從別人口中知道的那一天，告訴我妳人在捷運的某一站。我飛奔去找妳，就怕妳做出傻事來。從捷運的電梯跑下來時，我見到妳坐在長凳上，背對著所有出站迎面而來的人群，單獨面對著牆。我以為妳會躲在廁所哭，可是妳沒有。我叫了妳的名字，安靜地在妳旁邊坐下。

「我剛剛用公共電話打給他。」妳沒有移動身軀，用一種緩慢而單調的速度說。「我問他打算什麼時候告訴我。」

妳不得不承認，大多數的時候，生命裡第一個狠狠愛上的男人，形塑了女人對愛情的能見度。

現在，妳在電話上，用鎮定的口氣剖析自己。

妳告訴我，這個剛剛認識的男生，用他自己的方式愛妳，他的方式很濃烈，需要天天見面，妳很不習慣。

「他大吼大叫的，說我不夠在乎他。他覺得我太冷靜了。而冷靜對他來說不是愛。他大罵我三十分鐘，大概就是說這類的概念。」

妳必須保持距離，以防下一個措手不及。我知道妳的意思。我們都不是那個在操場旁邊哭到吐的女生了。沒有防衛機制要怎麼過下去呢？

「如果可以，我也想要解釋我為什麼會是這個樣子，可是，我已經不會了，不會隨便就去依賴一個男人，我可以一個人做所有的事。這跟在不在乎他好像沒有關係。跟他講道理都講不通。」

我嘆了一口氣，妳也嘆了一口。

「然後他說他要分手。如果我很喜歡自己一個人的話。」

我抓著電話，不知道該說什麼。

如果可以的話，我希望不要再有男人，抓住機會傷害妳。就像我剛剛說過的，妳是我見過，非常好的一個女孩。

「妳怎麼回答？」

「我告訴他，我不想分手，不過，如果這是你要的，我也可以接受。」

親愛的，生命裡的第一個男人，形塑了女人對愛情的能見度。

第一次的戀愛，妳受了很多委屈。他一下子在妳身邊，一下子不在。他背著妳突然做出選擇，娶了別的女人。妳沒有跳河，沒有發狂，妳在平常生活裡，還是笑著鬧著，逗大家開心，說出很多有趣的笑話。他很自私，可是妳很寬大地愛著。

我從妳的口氣裡聽到，是他，把妳塑造成現在的樣子。

還記得我們一起去峇里島的時候嗎？

那整個下午，我們面對著海，躺在發呆亭裡，用手機聽歌。

蔡依林唱著，I don't want a boyfriend……I need a real man……real man……我們手舞足蹈地重複 **Real man** 這個詞，然後學她把腳用高難度的方式抬起來跳舞。

這是我佩服妳的地方，妳從不讓自己變成受害者。在失去他的這段日子裡，妳是倖存者。

於是，當現在這個，初交往就提分手的男生開口時，我問：「在整個談話中，妳有哭嗎？」

「沒有。」妳說。「無奈而已。」

親愛的，我想，關於這件事，妳是對的，這世界裡面有非常多值得哭的事情。不過區區一個男人，因為沒有安全感，便提出分手這件事，真的想起來，不需要誰去好好地哭。

Track 11

倒反過來活算了

長大以後的這些日子，我不過是一隻流浪狗，汪汪汪地討好很多人，盡力舔著陌生的腳丫子，直到他們走進寵物店裡，挑選自己喜歡的紅貴賓。

最近人生不順到了極點，如果要我形容，就像是一連串的繞口令。

我喜歡的人討厭我。

我討厭的人喜歡我。

我討厭的客戶想當我男朋友。

我喜歡的男朋友想當別人的男朋友。

我最近不小心變得很胖，希望別人不要發現我很胖。

那些說她覺得我一點都不胖的人，在心裡告訴自己千萬不要像我這麼胖。

在老闆面前，我假裝自己很聰明，我不想假裝，可是我真的不聰明。

老闆假裝他知道我很聰明，可是他不用假裝都比我還要聰明……

我可以一直一直說下去。悲傷人生的繞口令。

長大以後的這些日子，如果以總體評估的方式來看的話，我覺得自己不過是一隻流浪狗，汪汪汪地討好很多人，希望他們帶我回家。但最終我卻只能搖著肥胖的身軀，盡力地舔著陌生的腳丫子，直到他們走進寵物店裡，挑選自己喜歡的紅貴賓。

今天早上爬起來，我在鏡子前面，看見一個失敗的業務專員，一個逐漸老化的女人，一個男人非常想擺脫的女朋友。

沮喪也可能變成一種病。

所以我決定請假不去上班，三年多來，我沒有一天這麼任性過，但今天確實沒有當狗的心情。

跟主管打完電話以後，我一個人跑去河堤旁邊的椅子上坐著，吃剛剛在便利商店買的海苔洋芋片，喝冬瓜汁。我想起小時候，阿公會買同個牌子的冬瓜汁給我喝，帶我在河邊放風箏。

其他的男人，帶我去過高級的餐廳，請我喝過各式各樣酸澀的飲料。我曾經相信他們，希望他們能把我帶回家寵。但當我全心全意將身體依靠過去時，他們就猛烈地跳起來，驚慌地說出一樣的臺詞。

他們總是對我說：「抱歉抱歉。我還沒有準備好。我們沒有那麼熟……」

我坐在河堤邊，一口一口地吸著冬瓜汁，那甜甜的味道不曾改變。

回顧過去二十多年，阿公或許是對我最好的男人。

要是阿公是我的客戶就好了。

要是阿公是我的男朋友就好了。

阿公一定會說，我一點都不胖。

阿公一定會說，聰明是我最大的優點。

在阿公面前，我只要做我自己，沒有任何期待或討好，什麼都不用假裝。

上星期六，交往兩年的男朋友皺著眉頭對我說，我太黏人了，他喘不過氣來，想要兩個人分開，自己一個人冷靜一下。

他說完這句話以後，就再也沒有打電話給我。

我才不要先打電話給他。

我吸光了所有的冬瓜汁，看著別的孩子拉著風箏跑。

鋁箔包變得扁扁的。

阿公死掉了。一九九九年的時候被裝在棺材裡，推進火葬場燒乾淨了。

而現在，我只剩下河堤的風了。

就這樣我被滿滿的無奈浸泡著，動彈不得。

雖然在這個世界上，比我可憐的人還有很多。我伸出手指一個一個算著，有人沒手沒腳，有人被追債，有人得賣器官。

我聽見客戶追殺的電話一直響著，可是我現在動彈不得。無奈的味道有點像福馬林，我就是那瓶子裡面的殘破肉塊，非常噁心又孤單。

這幾年過去，基隆河變得臭臭的，偶爾有塑膠袋飄在水面上。

我一邊捏著冬瓜汁的包裝，一邊無法忍耐地哭起來。風以修行者的方式，和緩地吸氣吐氣。我哭著哭著累了，就歪著頭睡去。

在睡眠的底層，我作了一個夢。在夢中我什麼都有，穿著名牌套裝，又獨立又迷人，我不過嘟個嘴，客戶就下單；男朋友開著跑車，在公司樓下準備接我回家。「妳慢慢來，我可以等妳一生一世。」他溫柔地說，在電話中輕吻我。

這絕對不可能發生。一個低沉的聲音在我耳邊吼叫。我就在這時候發現這是夢，然後身體彈了一下醒過來。

已經是傍晚時間，夕陽掛在橋上，昏昏沉沉的。吃到一半的洋芋片掉在椅子底下，有一隻雜種狗靠過來，在我腳邊等。牠可憐地嗚咽了兩聲。我不顧牠身上的寄生蟲，把牠抱進懷中。

如果人生是悲慘的繞口令，我乾脆倒反過來活算了。我這樣想。

隔天上班，我主動打電話給愛慕我的客戶，每天兩次，晨昏定省。我照顧他像是對我男友那樣，熱情洋溢。客戶很高興。

反過來，我躲著男友，忍住不去關心他的近況。他在一個星期天打給我，問我要不要出來走走。「不好意思喔，我現在有點忙。你有事就寫電子郵件給我。」我客氣地回答，摸著腳邊呵呵笑的狗，給出客戶在假日打電話給我時，相同的答案。「不然星期一時，我再看看好了。」

第一次，在十分鐘內，男朋友殷勤地傳簡訊來，說星期一晚上，他訂好一間餐廳。

後來事情就一件接著一件發生。

客戶打電話來時，我主動邀約吃午餐，他笑嘻嘻的，我也笑嘻嘻的。

老闆知道我跟客戶吃飯，過來稱讚我。我把老闆當成下屬，不再維維諾諾地應答，跟他說話時帶著確實的口氣。老闆說我很有想法。他還把我叫進會議室裡，跟我討論升遷計畫。

晚上，我穿著正式套裝，塗上口紅，踩著高跟鞋，向男友走過去。

親愛的，我把你當客戶，好嗎？

前往餐廳的路上，我跟他並肩走著，刻意保持三十公分的距離。「嘿，今晚我請客，盡量吃沒問題。」我說，轉頭對他輕輕笑。他看著我，遲疑地點點頭，眼神疑惑中帶點迷茫。反倒是他靠了過來，輕輕拉了我的手。

我真的不知道，這一切是怎麼搞的。上星期我自己編的順口令，我喜歡的人討厭我。我討厭的人喜歡我。

當我反過來的時候，我的世界，就用一種歪七扭八的方式，轉成正的方向了。

Track 12

所謂簡單並不存在

最初，她的母親買了兩間房子，就是為了爭取一個更好的生活。最終，她的母親沒有退休，沒有出國玩，這些年來，仍然在買賣房子中汗流浹背地奮鬥。

當房仲問她想找什麼樣的房子時，她想都沒有想，就給出了答案：「簡單，盡量簡單的房子。」像是喃喃自語般，她說出了這句話。

那房仲看起來不過是個剛剛大學畢業的孩子。他歪著頭，很疑惑的樣子。她覺得以房屋仲介來說，這個人未免太過年輕了。

「張小姐，請原諒我這樣說，所謂簡單的房子並不存在喔。」房仲抓抓手背，露出困擾的表情，又想著下一句話的措辭。「對我來說，找到客戶喜歡的房子，從來不是簡單的事。」

她嘆了一口氣，思考著該如何解釋。

她太累了，關於找房子這種事。要是母親在這裡，就可以幫忙了。

「可能要麻煩妳再多解釋一點。像是幾房的產品啦，屋齡的限制，地區的偏好，大約的預算考量這一類的條件。」

盯著那年輕人的嘴唇動作時，她不發一語。只要瞇起眼睛來，就可以看見母親當年熱情洋溢的表情，交疊在他緊張的臉上。

母親是個資深的房仲業者，在臺北跟幾個主管合資開了一間中型房屋仲介公司。這些相同的話，曾經由她的母親說過許多次，但她的母親表現得更好，她把買賣房子，變得像是跟親密的朋友一起討論要去哪裡渡假一樣舒服，讓人沒有壓力。

那是四年前的事。

那時她剛上大學，第一次搬出來住，由母親一手主導她人生的第一間房子。

「找個有管理員、二十到三十坪，公設比在二五％以下，地點選在捷運站兩百公尺以內、兩房的大樓。」她望著母親一頁一頁地翻著資料，聲音宏亮地給出中肯的建議：「屋齡在十年內，附近得有夜市商圈，這樣妳住起來舒服，吃東西也方便一點。這年頭，自住兼投資都要考慮進去。」

如果真要說起來，她總覺得母親這輩子，腦袋都表現得相當清楚，至少比她跟爸爸清楚很多。自從她開始考慮獨立生活以後，母親就把原先三房的公寓賣掉，換成兩間不同地點的房子。一間是交通便利、有良好管理的大廈，在她學校附近；另一間則是頂樓加蓋的公寓，剛裝潢好，一層母親計畫跟父親住，另一層隔成四間套房，可以收租。他們一家子活著，都依賴母親準確的眼光。她總是知道何時要惜售，何時該脫手，何時可以把一個龐大的物件，拆成更有價值的兩個物件。

一切都很好，因為母親熟悉各種裝潢的步驟，那間頂樓加蓋的公寓順利地變成她想要的格局。不過是權狀三十坪的四樓，居然也擁有獨立的書房、和室、兩間衛浴與寬敞的臥室；而五樓的四個房間，也各自設計成採光優良的套房。很快地便以不錯的價格，出租給附近的大學生跟上班族。

一切都很好。每個月，母親開開心心地收著租金，準備著四十五歲退休，她在日記本裡寫下自己想去的十個國家。在那些美麗的旅行藍圖裡，都有父親的陪伴。

一切都很好，直到樓上的獨立電表出了問題。

母親帶著水電工人上樓時，不小心撞見，父親在樓上的某間套房裡，跟她的房客在一起。那房客是個單身的女人，說不上漂亮迷人，在一家醫院做行政工作，薪水只有三萬多元。母親因為她是朋友拜託照顧的關係，還將租金打了八折給她。

「樓下有房子不住，妳爸爸就那麼命賤，喜歡睡套房？」

「全世界有那麼多女人，他偏偏找個房客來搞，開什麼玩笑？」

一開始，她的母親不能接受父親愛上別人的事實，除了那些激烈的爭吵、討價還價、玻璃碎片以外，母親在背後對父親的責怪，像是烏黑黏膩的泥沼壓著她打。

「爸，你怎麼可以這樣做？」她一直想開口問父親這句話，用厭惡而且無法原諒的口氣。可是事情剛發生時，她太懦弱。

倒是幾年以後，父親自己解釋了起來。

那天父親按了門鈴，她打開門讓他進來。「妳媽媽是個好人，我自己對不起她，不用妳講我也知道。」父親客氣地坐在客廳裡，喝著她用飯店拿回來的廉價茶包泡的茶，開口說話。

「可是天天跟她相處實在是受不了啊，天天都要聽她說一些自以為很厲害的想法，那些錢的事情，房子的事情，投資成功的事情……妳媽媽是那種只要是稍微不切實際的話題，她都不屑一顧的人。

「漸漸的，我跟她沒有話講，每天就是悶悶地聽著她講話。妳媽媽就是這樣，我不回話，她也可以一直發表意見，兩、三個小時都不停，講到睡著為止。

「過了這麼多年，妳也長大了，所以妳能明白我的意思對嗎？跟她相處很痛苦啊……」

她刻意避開父親的眼光。他們從不明白，夫妻兩人之間彼此的批評，對獨生女的她來說是多大的傷害。彷彿全世界，只有她獨自面對這家庭的荒謬與破損。

她轉頭看向窗外的樹，春天的觸角正冒出綠色的新芽。不論誰對誰錯，這個家算是散了。

父親吞了一口茶。「有一天，當妳媽媽又在電話上，跟同事大聲嚷嚷討論著地價稅的時候，我覺得自己有一種喘不過氣，快要活活淹死的感覺。我抓了外套，跑到樓下去抽菸。

「那時候還是冬天，天氣冷得不得了。我在樓下抽菸，見到了她。那個新住進來的房客。她正從外面走進來，手上拎著剛買好的菜。她對我笑，表情很單純，好像沒有多餘的想法，只想要好好吃一頓飯的那種單純。那樣子跟妳媽媽完全不一樣。

「妳想說妳爸爸愚蠢，或是大男人主義也好。可是跟她在一起，單純的過日子，我覺得比較快樂……我都五十好幾了，不過就是想要過得快樂一點……」

爸，說這個沒有意義。她盤著手煩躁地站了起來。深吸了一口氣說。這個動作阻止了父親繼續往下說的勇氣。她看見父親拉平上衣，站起來準備離開。

「因為妳媽媽的關係，妳的婚禮我就不去參加了。」父親用平靜的語氣說話，那裡面沒有後悔，所以也沒有挽回的餘地。

「總而言之，妳好好照顧自己，有需要幫忙的地方儘管跟爸爸講。」她點點頭。尷尬地用手拍拍父親的臂膀。一年一年過去，父親比她想像中矮了一截。

「對了，妳有空的時候回家來把房間整理整理，我們家的公寓要賣掉了，歸功於你媽媽的專長，總價比當初買的時候提高了很多。」

「那你現在怎麼辦？」她的喉嚨乾啞，眼淚悄悄地浮上眼眶。

她不單只是爸爸或媽媽的孩子，她是他們共同的家人。

「我啊，我就搬到樓上住啊。」父親擺擺手，要她不用擔心。「新的屋主還是會把頂樓出租，趁機賺點錢還貸款。」

「媽之後會搬來我這邊，你知道吧？」她問。等她嫁出去之後，這間大廈的房子就空出來了。一個單身女子搬走以後，另一個單身女子搬進來。

父親沒說什麼，他咧開嘴微微一笑。那笑容彷彿在說，妳媽媽這個人真是厲害喔，不管什麼事情都懂，連房子要買兩間這種事，她也像未卜先知似地，盤算得好好的。

「妳媽媽不是房東以後，我這個房客就不用躲了啊。」在穿鞋準備離開的時候，父親說了這句話：「每個婚姻都有它的難處，嗯？」

她一路走到巷口，目送父親搭上公車。

最初，她的母親買了兩間房子，就是為了爭取一個更好的生活。

最終，她的母親沒有退休，沒有出國去玩，這些年來，仍然在買賣房子中，汗流浹背地奮鬥。

他們的事情，讓她對婚姻的概念四分五裂。

未婚夫的工作忙，她一個人在茫茫房市大海中，尋找新婚的房子。她很難解釋自己不請母親幫忙的原因。

「張小姐，怎麼樣？你對找房子有什麼想法嗎？」年輕的房仲站在陌生的角落，對她問著問題。

她抬起頭，一下子不知道該回答什麼。她只聽見心裡的聲音。

「找一間簡單，盡量簡單，頂樓沒有其他女人的房子。」

那聲音不斷不斷地說著，裡頭同時存在著無奈跟譏諷。

她省略後半段話，又說了一次：「請找一間簡單，盡量簡單的房子。」

Track 13

我才是詐騙集團首腦

我知道自己不該騙他，自私地讓他使盡全力追求我。我知道。

但這麼多年來，我覺得我欠自己一個這樣的約會。

因為意外懷孕，我很早就結婚了。先生是我的隔壁鄰居，我們從小一起長大。最近，我經常在想，這八年的婚姻裡，我們究竟真正相愛了幾年？六年？四年？還是一年？總而言之不會是整整八年。

我休學兩個學期，將孩子生下來，之後即使再艱苦，我都咬著牙把書讀完。先生還是對我很好，平常幫我照顧孩子，週末去大賣場提著日用品回家。但那個愛情的成分，已經稀釋成淡淡的滋味，就像加了很多冰塊的可樂，過了一會兒喝起來的味道，沒有氣泡，剩下一點死甜。總而言之，我們從熱戀的情侶，變成相處融洽的兩個人。

小朋友上幼稚園時，我正開始第一份工作。跟我同期就業的都是當年的應屆畢業生，我盡量不提自己同時扮演著妻子與母親的角色。別人如果問起，我就拿出先生的照片，說他是我的男朋友，然後露出青春洋溢的笑容。

我很難解釋自己這麼做的原因。我只能說，妻子與母親雖然都是很偉大的角色，但對於一個在企業界努力求生的新人，並不算非常討喜的身分。

而且，我還不由自主地，偷偷喜歡另一個人。

他是我的同事，我們在同個團隊裡，為一個新上市的品牌做準備。儘管他比我大上一歲，在我眼中他看起來好年輕。

每天我們一起工作，遇到挫折的時候，他就開始講笑話。他的教養很好，所以笑話裡既沒有譏諷、也不帶髒字，就像他有一個細緻的篩網似的，被他過濾完成、說出口的那些東西，只是純粹的有意思，逗人發笑。我望著他說話的樣子，總感受到一股清爽的香味飄溢在鼻尖，好像剛沖完一個熱呼呼的澡。

認識四個月以後，我們一起出差到香港。他約我出去吃晚餐，我沒有反對。

他在見面的兩個小時前，傳了一封簡訊來：

「親愛的，穿上高跟鞋，今晚的派對，我需要以妳為傲。」

我立刻明白他是認真的約我出去。這是一個正式約會。我的臉燥熱起來。

關上手機，我套上球鞋跑到外面的百貨公司，為了他，買了一雙高跟鞋。鮮紅色的尖頭鞋，黑色的小洋裝，配上從來沒有用過的豔紅唇膏，讓我忘記自己原有的身分。

當我從飯店裡走出來時，他站在一輛銀色的奧迪旁邊。他盯著我的鞋子看。鞋跟有三吋高，我的腳踝既優雅又脆弱。「哇，妳又重新發育了嗎？」他像王子一樣地打開車門，對著我笑。我踩著緩慢的步伐走近，讓身上的香氣，飄散在他的頸間。

「你下午逛街，順便買車了嗎？」我指指那輛嶄新的車。他皺了皺鼻子，對我扮了個鬼臉。那一天，我們都假裝自己是另外的樣子。

我們去了半島酒店頂樓的 Felix 餐廳用晚餐，穿著正式西裝的服務生幫我開了車門。超現實主義的裝潢風格，加上恣意流瀉的爵士樂，展示在我眼前。在我不小心被臺階絆了一步時，他輕輕地扶住我的腰。我見了他的幾個朋友，在歡笑胡鬧中拿著酒杯搖晃。

要是想起家裡的丈夫跟小孩時，我就狠狠灌上一口。酒精幫了我很大的忙。

當他提議晚上去散步時，我的小洋裝已經抵擋不住夜裡的風了。我穿上他的外套，脫下高跟鞋，坐在車裡等。他在百貨公司的運動用品部門結帳，替我買了一雙同樣紅色的球鞋。「還是跟你的衣服很配。在香港穿什麼都是要很配。」他一面說，一面露出深深的酒窩。

我們在維多利亞的港口邊走路，看著大樓上的霓虹燈，一起喝啤酒。他問下次我們再一起去澳門玩好嗎。我點點頭，他露出開心的笑容。

回去的時候，他提起自己的姊姊剛生下小寶寶，我還問他知不知道生產時有多痛，假裝自己是個未經世事的小姐。「喔，我無法想像生孩子的痛。」我摀著臉頰說，然後做出嬌滴滴的害怕神情。

他特地把車停下，買了一個甜甜圈，讓我坐在車上吃，接著很紳士地把我送回飯店門口。

香港的夜色是那麼美。

望著他對我揮手的樣子，「謝謝你。我今天過得很開心。」我說。他非常禮貌地替我把大衣披上，我用左手輕輕碰了他的右手，他的耳根有點發紅。

我知道自己不該騙他。我知道的。

只是，這麼多年來，我覺得我欠自己一個這樣的約會。所以我自私地讓他使盡全力追求我。

坐在床邊，我的嘴唇邊仍有甜甜的糖粉味道。我發著呆傻笑，確定自己會一輩子記得這個如夢似幻的夜晚。直到他傳簡訊給我：「親愛的仙度瑞拉，妳的高跟鞋忘在我的車上……明天共進晚餐？」

那個罪惡感壓得我忍不住大叫起來。

夜裡，先生打電話給我。他疑惑地問：「有一則刷卡簡訊說妳今天花了一萬多塊，在香港買了東西，是不是被詐騙了？」我這才想起自己買鞋時，用的是先生的副卡。愣了十秒後，我煞有其事地跟先生要了銀行二十四小時的服務專線，接著跑到樓下的提款機，轉了一萬六千五百元回去先生的帳戶。我喘了一口氣，再度打電話回去解釋，說是銀行的系統錯誤，已經將款項退回帳戶，而我查詢過，已經沒問題了。

「你不用再查了，我確認過沒問題。回來我再刷一次簿子，你不用忙，我知道簿子在哪裡。我來就好。」我說謊的時候講話特別快，不知道他有沒有發現。

先生安靜地沒說什麼，只應了句沒事就好，妳別急。我補充說是因為長途電話費貴，所以我得講快點。「大家都累了，早點睡吧。」先生慵懶地回答。

掛上電話，我倒在床上，又一封簡訊傳了過來，我想起那男孩的車，他的酒窩，那發紅的耳根。我閉緊眼睛，不敢再看。

整件事就到此為止，我小聲跟自己說。

但願沒有人知道，今晚，我才是詐騙集團的首腦。

Track 14

除了她以外的女生都長得好像

一次又一次，她設計關卡，訂立遊戲規則，而我負責破關，依照她的指示，吞長劍，走鋼絲，跳火圈，領取獎賞。甚至冒著生命危險，逗弄長滿尖銳牙齒的獅子。

我到中國工作，已經四年了。在這中間談過幾次戀愛，過程都很短暫。人在國外，經常遇上寂寞的時候，這種狀況我只能自己想辦法排遣。

艾琳，她是我來到這裡認識的第一個臺灣女生。簡單來說，她的父親跟我的父親是上司和下屬的關係，他們都是第一批到中國發展的臺商重要幹部。

她大我三歲，從小就身為這家臺灣零件製造廠的唯一千金。在我眼中，她看起來乖順清秀，留著一頭細直長髮，不算是我會一見鍾情的對象。我們在一個社交場合裡，客套地交換了電話號碼。

現在想起來，或許是因為我們年紀相近，也或許是在這裡誰也找不到談心朋友的關係，不知道為什麼我們私底下就聯絡起來。

艾琳告訴我自己另外有個中國籍的男友。「分分合合的，」她說：「跟他在一起是雙方家長的意思。」在人生裡，她的大小事情都被安排妥善，基本上什麼都不缺。「雖然如此，還是沒有辦法覺得滿足哪。」她嘆著氣說，耳朵上掛著鑲有珍珠的別致首飾，那耳環在光線下閃閃發亮。

「那麼，要不要找個時間一起出來？」由於在這裡的生活太過無聊，加上我實在很壞的關係，根本不管她有男友的事實，便打電話約她。

「好啊。見面交朋友也可以。」沒有想太久，她便答應了我。

說實在的，承認這件事情很不好意思，不過我不管怎麼壓抑，每次在餐廳裡，看見艾琳穿著整齊坐在對面，搖著可愛的腦袋對著我說話的樣子，那滿身黏稠的欲望就像過度生長的藤蔓，把我的全身包裹纏繞。

我在腦子裡，幻想過把她的衣服往上推，把她的身體壓在桌子上，這些無恥的畫面。雖然在她面前，我總是做出禮貌性地傾聽表情，但依舊放任自己想著那些事情，我的動作一次比一次暴烈，搞得兩顆眼珠都快要自燃起來。

就因為這樣，在第四次見面的時候，我決定拿出自己的看家本領，對那女生啟動洗腦工程。方法是利用各種暗示讓她理解，背著男友偷吃是多麼刺激的事情，而且只要雙方協議好，彼此都不必負責任。

她一開始半信半疑的，表情充滿懷疑。我只好跟著出賣了幾個身邊的共同朋友，分享他們在外面亂搞的經驗給她聽，我一直講一直講，目的就是要她跟我回家，把衣服脫下。

連我也不敢相信，一段時間後，這個洗腦工程居然有點成功，她上鈎了，說願意跟我試試看。

後來我們一起經歷了很多刺激的事情，當一群人在ＫＴＶ唱歌，在大家喝得酒酣耳熱時，我們就跑到廁所裡接吻，把舌頭伸出來；或是隨便買兩張票到電影院裡，座位在第一排都沒關係，我們一坐下就把手伸到對方的衣服裡去這類的。不知道是啟動了哪個開關，但後來的艾琳遠比我想像的還要狂野。

那幾個月裡面，我們看了無數場電影，但我一部片的劇情也記不得。

有天，她邀請我去她家裡玩。我心想我要是不去，還算是個男人嗎？便趕緊出發。她房間的隔壁就是她父親的書房，我們在裡面的時候，她把自己的房門半開，接著站在從門外看不到的角落，便開始一件一件地脫衣服，最後她把黑色的蕾絲胸罩丟到床單底下，要我過去摸她。

坦白說，從外表看來，她是個極瘦小，胸部平坦，小腿略粗的女生。但當她脫下上衣，露出纖細的腰線時，我看見了渾圓的球狀體，像果凍般極有彈性地懸吊搖動著。老天啊，她比我想像的性感太多了。尤其令我印象深刻的是，她的乳暈比一般女孩大，顏色很特別，是鮮嫩的粉橘色。

我一面觸摸她柔軟發熱的身體，她一面在耳邊提醒我，遊戲規則是，當她爸爸腳步聲接近時，我就要立即躲進衣櫃裡，她則是套上T恤，好整以暇地坐回書桌打電腦。安靜的空氣裡，我的喉嚨興奮地燒灼起來，又同時聽見她爸爸在隔壁咳嗽的聲音。她緩緩將身體的重量壓在我身上，卻只讓我碰一下，又把我推開。

「這樣刺激嗎？」她用輕輕柔柔的聲音說：「你知道嗎？我還想要更刺激的……」

我覺得自己就要昏倒了。那天晚上我搖搖晃晃地走回家。

另一個假日，太陽很大，艾琳打電話來，約我到籃球場上去。

「看見那男的嗎？」她指指場上一個穿著黑色球褲的男生。我點點頭。「那是我的男朋友。」她說。「你想介紹我們認識，然後看我們兩個打球？」我非常疑惑。她則是笑了起來，又用著天真無邪的口氣說話：「遊戲規則是，你打贏一場，我就跟你到更衣室去；打贏三場，今天晚上我到你家……」

「那萬一輸了怎麼辦？」

「你要是輸了，就罰你在衣櫃裡，看我跟男朋友在床上。」

她快步走回場邊，我盯著她的背影。

「加油加油喔。」她回過頭來對著我們拍拍手。

聽著她嘴唇發出來的鼓勵，我跟她的男友都朝著同個方向笑。她男友看起來人還不錯。我真的分不清楚，她在為誰加油。

那場球我打得格外用力，火力全開，像頭發怒的野獸似地進攻防守。我在想，要是這輩子有機會當籃球教練，或許應該考慮用這種方式訓練球員。

就這樣，我跟艾琳一起共度了一年的時光。我們的關係很簡單，我是她的馬戲團員，我雙腿跪下，雙手獻出主導權。一次又一次，她設計關卡，訂立遊戲規則，而我負責破關，依照她的指示，吞長劍，走鋼絲，跳火圈，領取獎賞。為了討她高興，我甚至冒著生命危險，多次逗弄長滿尖銳牙齒的獅子。

她從來沒有在我面前把褲子脫下來，也不真的跟我躺到床上去做那件事。「我有我的原則。」她赤裸著上半身說著話。一面揮動著手中的馴獸棒。

整個過程中，我不是太明白她的原則。當我發出疑問時，她為我做其他的事，讓我安靜下來。她的技巧高超。當她舔舐我的身體時，我感到非常滿足。我癱在她的舌尖底下，妥協，聽命，不會得寸進尺。

年底的時候，她無預警地嫁給了那個中國的男生。婚禮歡歡喜喜地在北京舉辦，還讓我當上了伴郎。

「嘿。找個好女生，對她好一點。」她在婚禮上，悄聲對我說。之後我們講好不再聯絡。

馬戲團解散了。我變成一個孤零零的馬戲團員。

一直到現在，我就是沒有辦法，如她所建議的那樣，好好的，找個好女生，談一場正經的戀愛。我很難解釋其中的原因，但不管再怎麼努力，我實在無法習慣正常的戀情，總覺得除了她以外的女生都長得好像，她們的思想、表情還有說出來的話，都好平常。

唉，這些走在平地的日子裡，我總是重心不穩。

其實，我常常想她。

Track 15

我們不適合

我當然知道這樣做是不對的喔。可是當我一開始研究這件事，雙手就不聽使喚，我完全停不下來，連廁所都不上，所謂心裡的良知只能站在旁邊看……

「欸，妳在寫一些故事對嗎？」

他看起來是個非常老實的男生，當我們在同一個場合，等一個共同朋友出現時，他湊過來跟我說話。

「嗯，對啊。」我回答。

「妳可以寫我的故事。」他露出不好意思的表情。

「如果合適的話，我可以寫。」我表示。

「我做過一些不是很合適的事情喔。」他坦白地說。

有一搭沒一搭地，我們靠在捷運出口的欄杆旁聊著話。

他告訴我，他曾經有過一段戀情，跟一個小他兩歲的女孩。一開始，就跟一般的情侶一樣，他們白天在看電影時熱烈接吻，晚上打很長的電話聊天。他深深喜歡這個女孩，想要花時間多了解她。

「漸漸地，我對她的感情陷下去了，光是見面牽手已經不再足夠，」他皺著眉頭說，他有一股欲望，想知道更多關於這女孩的事，他開始考慮，想用不為人知的方式，得到更多資訊。

「我當時的想法是，拿掉『我』這個變因以後，這個女生還是這麼好的話，就代表她真的夠好。我在確定要愛她之前，要先確認她夠好。」他是一個工程師，說話有自己的邏輯。

「有一天，她在隔壁房間講電話的時候，我看見她擺在桌上的電腦……」那臺機器就像一個百寶盒，散發出亟欲被打開的香氣，他坐下在電腦前面，花了三十分鐘左右，破解了女孩的帳戶密碼。

「請問密碼要怎麼被破解呢？」我好奇地問。

「這個容易，網路上有一種程式，能夠自動感應使用者的鍵盤，只要抓下來安裝好，藏起來就可以了……從此以後，她在鍵盤上打下的每一個字，就會被上傳到我設定的地方……我只要找到她打進帳號的那一行，下一行字，就會是密碼……」

他說話的樣子有條有理，就像個外科醫生，正在會議上討論器官移植的可能。

後來，回到家以後，他又花了一個下午，自由自在地瀏覽她的資料、照片、信件，與過去網路聊天的內容。

「我當然知道這樣做是不對的喔。」他表示著。露出一個抱歉的微笑。「可是當我一開始研究這件事，雙手就不聽使喚，一直動作個不停。那些帳戶密碼、上鎖的檔案、私人郵件、心情部落格，一個一個地被我打開來檢查……過程中，我完全停不下來，連廁所都不上，所謂心裡的良知只能站在旁邊看……」

「那你發現了什麼嗎？」我問。他搖搖頭，「什麼都沒有……」

「如果打開所有祕密以後，這個女生還是這麼好的話，就代表她真的夠好。」我重複他之前的話。他又搖搖頭。

「嗯……可是我沒辦法好好地相信啊。那時我心裡想，她的過去沒問題，不代表現在沒問題。我想知道更多，關於她對我的想法，她腦筋裡正在打算的事情，或是有沒有同時跟其他人在交往這類的。」

「所以呢？」

「所以我又花了三個小時，寫了一些進階的程式，如此一來，我可以即時抓取她在線上跟其他人聊天與來回信件的內容。即時內容更好更準確對嗎？這樣我就可以知道她在想些什麼……用立即更新的方式……現在想起來，每個資訊都要看，光是消化那些東西真是很龐大的工程……」

「現在的技術可以做到這種程度？」我不是工程師，只能瞪大眼睛驚訝地問。

他老神在在地點著頭，模仿電影裡食神的樣子說道：「只要有心，人人都可以做得到。」

「就這樣，我的好奇心簡直一發不可收拾，」他接著說：「我花更多的時間修改自己寫的程式，後來甚至改進到能利用關鍵字，截取談話內容的程度。」

「像是當她談到『我男友』、『我喜歡』、『劈腿』、『曖昧』、『不要跟別人說』這類的主題時，系統就會主動抓取她說的話，直接把整篇段落發到我這邊來……這樣一來，我就可以更有效率地知道重要的訊息，又節省了很多時間。」

「哇。」我說，除此之外不知道還能再說什麼。「哇。」

「其實這種嗜好不好啦，把別人的隱私當做雜誌看……」他露出困擾的表情：「我以前常常到處去破解別人上鎖的相簿，對我來說，真的是輕而易舉的事。」

「一直偷看別人不想公開的照片，應該滿過癮的吧。」我猜測。

他做了一個鬼臉。「不見得，我看多了以後，就覺得無聊了。後來我對於那些上鎖的照片，歸納出三個主題，」他舉起三根手指：

「不外乎**暴露**、**噁心**跟**可疑的互動**。」

「可疑的互動？」

「就是非常奇怪的互動照片，人跟人，人跟動物，動物跟動物……什麼都有。」他的表情有點想吐：「唉呀！妳不會想聽的。」

「喔。」

「總而言之，這種東西看多了就是很重複。」他感嘆著。

「後來呢？」我回到正題：「你跟你的女朋友？」

「實在沒辦法繼續，我只好跟她分手了。」

「你終於從她跟別人聊天的內容裡，抓到關鍵的把柄了嗎？」

「也不是……只是覺得我們不適合。」他聳聳肩，嘆了一口氣。

「為什麼？她到底哪裡不好？」

在我的追問下，他陷入了沉思。捷運出口湧出一批人，我們望著一張張不同的臉快速從我們面前通過，他們看起來都那麼無辜又自然。「坦白說，我覺得她有興趣的事情，都是一些**無聊又幼稚的東西**啊……」

彷彿檢察官舉出犯罪事項的樣子，他談起那些女友心裡想的事情，包括韓劇裡進退兩難的男主角、不小心裂開的腳趾甲、她偷偷幻想的好萊塢男星、各種小型狗的裝扮、如何有效吸引男友的內衣內褲……

在茫茫的對話串中，他灰心了下來。原來他要深陷去愛的女孩，是那樣沒有意思的普通人。

「我從蒐集的檔案裡，把我覺得討厭的部分標成紅色，結果整個頁面都變成紅紅的一片。」他扭曲著臉，帶著非常遺憾的表情。「像紅海一樣。」

「欸，為什麼有女生可以整天只想著這些毫無意義的事情呢？」他問。

「就像你這種男生，整天就只想著監視別人一樣啊。」我望著路上的行人拚命趕路，把這句話放在肚子裡，沒有說出口。

「你知道太多了。」我搖著頭。他好像被我傳染一樣，也跟著搖了起來。

「知道太多的兩個人，是不可能相愛的。」他擺出哲學家的架式，淡淡地表示：「所謂愛情是盲目的，大概就是這個意思。」

Track 16

我天生屬於所有人

她說完話，神氣兮兮地看著我，搞得自己好像是媽祖降臨一樣。跪在地上的我，只差沒有合掌膜拜了。

我曾經追過一個女明星。

她長得很漂亮，長長的睫毛，圓圓的眼睛，不說話的時候，像一隻小鹿斑比。我跟身邊的男生都一樣，一認識她就非常想追求她，尤其是聽到自己的哥兒們對她有興趣，我就更積極。到底是不是愛情我也不是很在乎，基本上能成功地跟她在一起，我憑的是好勝心。

剛開始交往的時候，我得意極了，天天帶著她出去吃飯、逛街、看電影，其實不過就是想炫耀。她什麼都沒有說，非常配合我，每天都打扮得好好的，讓我開車去接她出門。

現在想起來，我真的不知道她到底喜歡我什麼。她比我高，賺的錢比我多，還有很多才藝，我記得她很會畫畫，也會跳舞。

漸漸地，就像小孩子喜歡自己每天睡覺的毯子一樣，我不可自拔地愛上了她，生命裡不能沒有她。算算自己年紀也差不多了，那幾個月，我滿腦子想的都是把她娶回家。我趁她睡著的時候，偷偷測量她的指圍大小，訂做了鑽石。

就在那一陣子，她跟另一個男明星，在拍戲的時候傳出了緋聞。

到底是不是真的？我不是很有信心。我問她，她也不太想提。不過我幾乎每天晚上都帶她出門吃飯，她從未拒絕，所以我不是很擔心。

後來，又聽說有富二代的小開熱烈追求她，鬧上了報紙影劇版面。我看著電視新聞報導，記者在一場珠寶活動中追問，「我們只是好朋友。」她在臺上笑著搖頭否認。

總而言之，我那時說有多天真，就有多天真。我哪知道，女明星跟我們這種上班族不一樣，每天的時間很多，可以輕易安排跟不同人吃不同飯；還有，她們的專業之一，就是在光天化日、眾目睽睽下，對著鏡頭微笑否認。

選在交往週年的紀念日，我在河邊跟她求婚。「親愛的，妳願意做我的妻子嗎？」她雙手遮住驚訝的表情，用小鹿般的眼神望著我，我便信心滿滿地把準備好的戒指拿出來。

「我覺得，我們還是分手吧。」下一秒，好像對我很失望似地，她嘆了口氣說。

那時我人還跪在泥土地上，一點心理準備都沒有。

「為什麼？」我問。

「因為，無論你再怎麼好，我不屬於你一個人。」她輕輕地摸著我的臉，緩緩地表示：「我天生是屬於所有人的。」

我天生是屬於所有人的？

我真的沒有騙人，那看似柔弱的女明星，我交往十二個月的女朋友，真的高高在上地站在黃昏的河邊，用一種煞有其事的姿態，向我宣告了「我天生是屬於所有人的」這句話。她說完話，神氣兮兮地看著我，搞得自己好像是媽祖降臨一樣。跪在地上的我，只差沒有合掌膜拜了。

「這真的是妳要的嗎？跟我分手？」稍微鎮定下來以後，我問她。

「我是明星。這是我從小就知道的事情喔。」好像二加二等於四，她確定地回答。

「好吧。」我從地上慢慢爬起來，有點尷尬地揉著膝蓋。「妳決定了就好。」

然後我提議開車送她回家，「你是個很有風度的男人，這段時間謝謝你的照顧。」

她在下車之前，客套地送給我一個吻，「不過，我們最好不要再見面了。」她說。我同意地點點頭。

兩個小時前，我還以為自己會娶回一個如花似月的美嬌娘，生出幾個漂亮得像混血兒的孩子。現在我卻被直接甩了，神明遶境，癩蝦蟆想吃天鵝肉，一切都非常荒謬。

越想越氣，我把車子開到橋邊停下來，先是趴在方向盤上，沮喪地哭了一陣子。後來突然想到她說「我天生是屬於所有人的」時，那臉上莫名其妙的聖潔表情，又忍不住大笑起來。我就這樣又哭又笑，在車裡打了自己好幾巴掌以後，終於清醒了過來。

那個女明星後來變得滿紅的，這幾年事業版圖擴展到兩岸三地去，發展得不錯，我還看過幾場她演的電影。不過，經過上次的教訓以後，我再也不去追求比我有錢，長得漂亮或是擁有模特兒身材的女人了。

談戀愛跟喝烈酒一樣，還是量力而為比較好。

Track 17

我愛我老婆

誰跟誰睡覺，誰是老闆大人，誰比較愛老婆，警察抓小偷。遊戲重新開始，勝算站在他這邊。從來沒想過，原來一心一意愛著老婆也是種優勢。

他跑到一個角落的會議室裡，把自己反鎖起來。

那是他無意中發現的一間四人會議室，牆特別薄，可以聽到隔壁大會議室裡面別人說的話。他按部就班地把耳朵貼近牆面，壁紙有一股焦灼的氣味，他跑到桌子旁邊抽了一張面紙，把方正潔白的面紙先貼住牆，再把自己的臉依序放上去。

今天的主題是討論他的升遷，他努力了六年，除了過年以外沒休過一天假，所有的辛苦就等這一日。

他聽見總經理先行一步走進去，他正呵呵笑著，啪嗒開了燈，又把董事長迎進去。「最近好嗎？孩子今年上小學吧？」兩人雙雙坐下以後，椅子因承受忽如其來的重量，發出嘎嘰的聲響。董事長從寒暄開始，總經理也順著話題走。

「謝謝董事長關心。大的剛上一年級，小的也幼稚園大班了。」他在隔壁聽著他們談孩子，談學校，談教育，最後一路談到家庭的階段時，總經理禮貌地問候了董事長夫人。

「說到她呀，成天待在家裡不出門，也不知道是不是更年期的關係，最近整個人悶得紅咚咚又氣呼呼的。仔細的事我就不講了，不過說到更年期，真的是有一些非常可怕的症狀哪，這種過程，也幫不上忙，我在家看到她，就好像人在隧道裡，卻看不到出口的光似的。」

董事長居然一五一十地說起家務事，總經理也呼應著話題，這讓在隔壁的他，不禁感到有些無聊。像他們這種坐領高薪的人，應該討論更重要的事情不是嗎？

「咦，你太太今年幾歲了？」他聽見董事長發問。

「三十七，她比我小五歲。」總經理回答。

「這樣看來，你還有幾年好日子過。」

「不……每個女人結婚後，都有難搞的地方啊，那些毛病說也說不完……」

董事長笑了幾聲，跟著感嘆了起來。

「是啊，女人啊，當她們還是二十幾歲的未婚小姐時，都非常可愛。一旦結婚，變成太太以後，就變得奇怪起來。所以我說，我們男人還是上班的時候，舒服一點。」

「上班舒服啊……」總經理頗贊同地回答。

在隔壁房間，他的身體保持著同一個姿勢，呈現一種詭異的歪斜，腰痠背痛，口也很乾，呼吸發出酸苦的氣息，覺得難過極了。為什麼他們還不討論他的事情呢？

「好吧，說到今天的正事，」像是聽到他在隔壁的心願似地，董事長終於導入正題。「我們要討論業務部的人事升遷對吧？」

「是的，董事長。我們要決定合適的業務經理。目前我們有兩位副理人選，莊副理與簡副理……兩人在公司的年資都差不多六年左右……」

這時，他的手機在口袋裡，吵鬧地響了起來，他趕緊跳起來，把邊震邊響的手機關成靜音，四周又恢復安靜漆黑。他是兩人中的一人，這讓他不禁緊張地邊抖腳邊聽，膀胱裡面的尿好急。

「你是總經理，比我了解他們。我想先聽聽你的評價。」

他的耳朵依舊貼著牆，聽見某個人站起來踱步，皮鞋敲打地板，喀答喀答響。

「莊副理做事認真，人脈也廣，過去一年的業績達成率幾乎完美，是難能可貴的人才。」總經理說著話，這段話讓隔壁的他，露出了笑容。

「簡副理呢？」

「簡副理個性溫柔，面面俱到，算是內斂的性格，在工作上表現也很努力。」

「要是我讓你全權決定，你選哪一個？」

總經理停頓了一下，沒有馬上回答。

他的耳朵又紅又熱，決賽選手的心裡，只有金牌算是真正的獎牌。

「董事長，這樣說或許有點唐突，不過若是讓我決定的話，我會選擇升遷簡副理。」

他從牆邊聽到的那一刻，握緊拳頭，吸了一口氣進去，一下子吐不出來。

「喔？」董事長搖了搖椅子，「不選莊副理的理由是……？」

總經理還在踱步。「莊副理能幹歸能幹，就是品格上有點問題……」

「什麼問題？」

「他跟下面的一位專員走得很近……同部門的一個小女生……我聽說，那女孩跟他一起出差時，都睡在同個房間……莊副理畢竟是有家室的人了……我心裡覺得不對勁……」總經理用一種很惋惜的語氣說著。

那是天大不過的謊話。

他站在隔壁，揉著臉，氣憤難耐，他從來沒有跟公司裡的誰睡過，甚至連一絲念頭都沒有動，他不明白這是怎麼一回事。

「這麼不分輕重怎麼行，這樣會出亂子。」他聽見董事長用力拍了一下桌子，接著振振有詞地說，「我明白你的考量，那麼不用討論了，我們就升簡副理吧。」

「好的。」總經理回答。

「欸，颱風後天要來了吧？」

「聽說是這樣。」

「我還跟楊董約了時間打球，下雨就掃興了。」董事長從剛剛的嚴肅中恢復過來，他笑著說：「唉，員工都喜歡颱風假，但我可很討厭。颱風假哪裡都不能去，只能跟家裡更年期的老太婆待著……」

「我完全可以了解。」總經理也跟著嘻嘻笑。「我也不想跟家裡的那個大老闆待在一塊兒……」

好像誰說了一個很好笑的笑話似地，那笑聲持續了一陣子。他在隔壁的小房間裡，頹然坐在地板上。

比起隔壁那兩人，就數他最愛自己的老婆，從不跟別人抱怨，可是他卻被說成一個趁著出差就偷吃的男人。

椅子嘎嘰嘎嘰地叫著，董事長跟總經理站了起來。啪嗒一下關燈了，喀答喀答響的四隻皮鞋走出會議室。原本被他用來貼在牆上的潔白衛生紙，已經被揉成一團掉落在地板上。

他沉默著，時間過了十幾或二十分鐘，有腳步聲靠近，隔壁的會議室門被鎖上了，他又聽見有人說話。

「妳要好好謝我，筱玲。」

他聽見總經理發出的聲音，他單向地在空氣中說話，應該是在用電話。

筱玲就是簡副理。下個月就會變成簡經理。他想。

六年的努力，因為一個莫名其妙的虛構故事，煙消雲散。

「我們慶祝一下？嗯？今晚在妳家過夜喔，妳欠我一晚……」

他睜大了眼睛。

莊副理是能幹的人，不過能幹歸能幹，對總經理來說，簡副理是自己人。

那些莫名其妙的謠言、升遷的角力、上下屬的關係，原來六年來，每天第一個到，最後一個走的他，一直都是局外人。

總經理倒吸著氣呵呵笑著，說著恭喜的話，話裡句句都是性暗示。

他在隔壁不發一語地站起來，把桌上的花瓶丟到地上，碎玻璃在碰觸磁磚的瞬間，發出吵鬧的聲音，「你這個噁心的男人。」他開始用力地踢著牆壁。先是單腳，後來他用手扶住牆，用起雙腳來。「你這個噁心的男人……」他忍不住越踢越用力，鞋子都要脫落了。

牆的薄層木板本就不堅固，發出劈哩啪啦的聲響。

總經理趕緊掛上電話，走出會議室。

同一時間，他開了門鎖，也從隔壁間走出來。

兩人目光交接。那一刻，誰也沒有說話。

誰跟誰睡覺，誰是老闆大人，誰比較愛老婆，警察抓小偷。

他知道，這個遊戲重新開始，勝算站在他這邊。雖然從來沒想過，原來一心一意愛著老婆，也算是一種優勢。

總經理把手放進口袋裡，對他點點頭，他也點點頭，蹲下來把鞋子拉好。

下個月，因為忠貞的愛情，他要變成莊經理了。

Track 18

可是我做錯了

我慢慢接受這個事實，就是我已經錯過他了，沒辦法。後來，我居然可以控制自己，只要在夜裡夢到他，就會在夢中抓緊機會跟他說說話，然後抱抱他……

要談談我所珍惜的記憶嗎？關於男人的？

三十七歲的她吸了一口菸，讓那霧氣深深沉進肺臟裡。

每當這個動作發生時，那男人的臉，便毫不費力氣地顯現在她的眼前。他們以前常常低著頭在風衣下點火，在寒冷的氣溫裡共吸一支菸。

曾經，二十一歲到二十七歲的那一段日子，她非常愛他，無條件的愛。

男人跟她同年，除此之外，他們兩人之間便沒有任何相似點。他是上市公司財務長的獨生子，她的父親在市場後面的巷子裡開雜貨店。

非常老套地，在社團裡，因為朋友的朋友介紹，他們見面，藉由一部彼此熟悉的電影聊了起來，然後開始相愛。

「應該是非常美，童話故事般順利的愛情呀。」她一面笑著說，一面把菸捻熄在路邊的垃圾桶邊緣。「要不是我這個人太沒有安全感的話。」

大學的最後一年，他打算去日本念書，她因此開始學日文。

「關於日文，那時候學習得非常努力喔。」她回想著，露出一抹微光般的溫暖笑容，「談到未來的事情，我其實從來都沒有為自己想過，太愛了，男朋友怎麼打算，我就那樣打算。」

但他的家世背景，終究在愛情裡面扮演了一部分角色。他的父母在最後一刻，改變了他留學日本的計畫，他得先當兵，退伍之後再去美國的研究機構。

「到時候我們一起去美國好嗎？」他問她，用一種天真無邪的態度。

她沒有足夠的錢，大學只專注在日文上，英文也說不上幾句稱頭的句型。很多現實上的考量折磨著她，她有自己的尊嚴，不知道怎麼向他開口。

夜晚的時候，她開始失眠。翻來覆去地想著錢的事情。她想自己堅強起來，可是貧窮像巨大的野獸，在角落虎視眈眈地等候。畢竟她們家是賣肥皂跟燈泡的。

她就是在那一陣子開始縮小的。跟他出去的時候，她總覺得自己長得不夠好看，她不時懷疑他手機裡的簡訊，是不是新認識的女孩子傳的？那個女孩子漂亮嗎？身材好不好？每每談話的過程，只要他說了一點英文，她就安靜下來；特別是用餐時間，她討厭他點菜時，對價格的肆無忌憚。

在男友當兵的最後三個月，她主動提出分手。她選擇跟另一個殷勤追求的男人交往，那男人簡單樸素，討她喜歡。她說服自己這個男人比較好，他們有共同的話題，相似的價值觀，簡單說，他比較窮，跟自己很像。

初戀男友跑到她家，眼淚盈滿地挽留她。她第一次看他那樣痛苦地哭，讓她很捨不得。然而另一方面，她相信自己跟男友是沒有未來可能的。「當他抓著我的手，抽抽噎噎地哭的時候，我卻一直看著他手上那支昂貴的錶。那亮晶晶的東西少說要好幾十萬吧，我心裡忍不住想。」

她任他坐在一旁，清醒地搖著頭，向他解釋：「嘿，你不要哭。不要哭呀。我們兩個沒有辦法走下去的……我不是狠心喔，我只是比你早看清這個事實而已……你知道嗎？除了愛情以外，我們之間什麼都沒有啊。」

一陣子過後，男友毅然站了起來，「這次從妳家大門離開以後，我就不會回頭了。」他負氣地說：「就算這樣妳也沒關係嗎？」

她摀住嘴，看著他走。那是七年相愛的青春日子。一直到他轉身的那一刻，她都記得第一次見面時，他穿的灰色夾克。她腦中浮現兩人說著笑話時，他迷人的眼角皺紋，那頸間的氣味用飄飄蕩蕩的方式，在她的鼻間散開。

後來第二段的愛情故事也半途而廢。她不再那樣愛人了，對方當然感受得出來。她時時刻刻地想念著初戀男友，也向朋友打聽他的消息。大部分的人都不願意多談，「妳傷他太重了……」他們責備的眼神，讓她無地自容。

「結婚以後，我常夢到他。」提到這個的時候，她無來由地笑了出來。「很不要臉吧，已婚婦女躺在自己先生的身邊，夢著另一個男人。」

「後悔嗎？」

她把目光移開，沒有回答這個問題。

「有一段日子，我經常一個人回到以前跟他在一起的地方，大學附近的咖啡廳、公園、超市都會去……想著會不會突然遇見他，一個人在那裡等，又不知道自己在等什麼，很寂寞的……我曾經以為，我這輩子都不會再見到他了。」

大部分的愛情都是這樣的。我安慰著她。轟轟烈烈過後，經常是兩個再也碰不到的個體，彷彿在不同的星球裡生活。

「幾年過去後，有一天，在電梯裡面，我見到他。」

她的眼眶幾乎在說這句話的同時間，泛進了淚水。

「他在電梯裡面，我在外面。說不上來是哪一部分，但他變了一些，長得不太一樣，好像矮了一點，胖了一點，不像以前那樣神采奕奕……一切都很快，我愣在那裡，他看見我，我想要說些什麼，可是都說不出來……在那一刻，我知道自己做錯了，我應該跟他在一起，可是我做錯了……」

在鬧烘烘的街上，她別過頭去，「都幾歲的人了，還在路邊哭，真不好意思。」

「後來呢？」

「他看著我，那眼神很冷淡，好像裡面什麼都沒有似的。嗨，我開口對他說。他沒有任何表情，只是伸出手按了關門鍵，電梯就關起來了。」

「好笑吧？」她苦苦笑著。「應該是非常美，童話故事般順利的愛情呀，結果居然被另一個人按了關門鍵……」

「我慢慢接受這個事實，就是我已經錯過他了，沒辦法。後來喔，我居然可以控制自己，只要在夜裡夢到他，我就會在夢中，抓緊機會跟他說說話，然後抱抱他……」

夕陽在她的臉上，悄悄地移動。「這麼多年了，我最懷念他，也最懷念那時候的我。」她吐了一口氣，自顧自地走著，喃喃念了幾句日文，好像是真可惜哪之類的感嘆，長髮被風吹得亂亂的。

「欸，如果說，他是我這輩子最愛的男人，太俗氣了嗎？」她突然想到什麼似地，轉過頭問我。

「最好不要再想了啦……」幾秒鐘過後，她自顧自地低著頭回答。

然後我們都笑了。

Track 19

我們真的只是朋友

她是他在城市裡的第一個朋友，他曾對著她練習講笑話，他的一切都是她給的。他很想告訴別人，正因為這樣的非戀情關係，讓他們之間的某種東西，更加高尚了起來。

當他風度翩翩地，跟著一個矮小微胖的平凡女孩走在機場時，那些記者手上的相機都抬了起來。

「這兩個人在一起戀愛？這怎麼可能？」他聽見他們的交頭接耳，但他什麼都沒有說，那女孩也是，他們在機場慢慢走，任憑別人看著。

誰都不知道，四年前，在出名之前的好一段日子，他只是一個在旅行社工作的上班族。那女孩是他的客戶之一，她常常出差，需要訂機票的時候，她就打電話請他幫忙。有一次女孩的護照加簽，送回來的時間晚了，他便親自送去她家。那是他們第一次見面，女孩提議請他喝杯咖啡，他同意了。

自從他離開鄉下獨自在大城市工作以後，他就沒有這麼開心過，她變成他的第一個朋友。後來每次的機票，他都親自幫她送去，然後他們可以一起坐下談談最近發生的事。他在城市裡學會說一些世故的笑話，儘管有時不太好笑，她還是很捧場。

他生日的時候，女孩利用自己累積的里程數，多訂了一張機票給他，「生日快樂。」女孩說，那是他第一次有機會出國。

他一直很喜歡唱歌，幾乎把所有積蓄都拿去買唱片和樂器，他聽說有一個老師在教唱歌，他就開始存錢。

女孩勸他去當歌手，但他沒有勇氣辭職。

「你的爸媽不會同意嗎？」女孩問。「也不是這樣，」他一時不知道該怎麼回答。「我只是想，那麼多人會唱歌，又不只是我。應該要真的在歌唱這方面有發展以後，再辭掉工作，不然就會兩頭空。」

女孩點點頭。表情若有所思。

某一天，女孩無來由地提起投資理財的事，他才知道她月薪是他的四倍多。「我算了一下，」女孩說：「如果我把這些年存下來的錢，放進銀行建議的這些投資標的，我每個月可以賺三萬多元的利息。」他在旁邊聽著，覺得尊嚴盡失，他甚至賺不了那麼多錢。

「但我更看好你，」她轉過頭接著說：「你應該是個很棒的歌手。」

接著女孩要他辭掉工作，專心去做自己想做的事，「去唱歌吧。」女孩說。她提議把賺到的利息都給他，當做他每個月的收入來源。

「你就想成自己不過是換個薪水差不多的工作，不會兩頭空。」她的語氣堅定，表情像是不容許拒絕。他覺得不可思議。「怎麼樣？當我的投資標的吧。」她笑起來，然後沿著河堤繼續往前走。

有個記者靠上前來，對著他們按下快門，拍了幾張照。刺眼的閃光燈，把他從思緒裡拉回來。這幾年下來，他不但成為了歌手，還拍了好幾支廣告，下個月就要開個人演唱會了。

「請問你們是什麼關係？你們要一起出國嗎？」另一個記者問著。「她是我的好朋友。我來送機。」他微笑著說：「請大家不要大驚小怪。」

「那麼，小姐，」那記者將麥克風湊到另一頭，對著女孩開玩笑地問，「請問妳是懷孕了嗎？準備偷偷出國待產嗎？」其他記者在旁邊吃吃地笑了起來。

那女孩搖搖頭，忍不住拉了下外衣，想遮掩自己不太標準的身形。他用手將她的肩攬住，以防他們再多問，那些閃光燈又啪啦啪啦地閃爍。

其實，他們兩人都明白，他們沒有在一起，單純只是朋友。他很想告訴別人，正因為這樣的非戀情關係，讓他們之間的某種東西，更加高尚了起來。

出關口就要到了，他不顧旁邊的鏡頭，給了女孩一個擁抱。

自從他開始賺錢後，他也鼓勵女孩做自己想要做的事情。她是個業餘的攝影師，這次她準備去西班牙，要在嘉年華會時拍些好照片。他在生日時，為她買了一臺相機。「希望這次拍回來的照片，雜誌社願意刊登喔。」

女孩小小聲地說：「要是有你這個大明星在鏡頭裡，我想就容易多了吧。」

他抱著她，聞著她洗髮精裡的薰衣草味道，那些記者推來推去，只想拍到他的正面照片。「好了啦。」女孩推開他的身體。「好多人都在看……」

「到那裡再給我打電話。嗯？」他不願放開，她是他在城市裡的第一個朋友，他曾經對著她練習講笑話，他的一切都是她給的。

「好了啦。」女孩脹紅了臉，掙扎著他的懷抱。「你現在很紅耶。」

吸了一口氣，把莫名的眼淚逼在眼眶裡後，他用力把她抱起來又放下，然後慢慢地說：「妳一定可以的，我很看好妳。」

再見。隔著玻璃，女孩給了他一個飛吻。她背後是大片玻璃窗，陽光在大樓裡，拉出長長的影子。

再見。他戴上墨鏡，對她揮揮手。

記者抓住機會一擁而上，把他包圍起來。「我們真的只是朋友……」訪問中，他忍不住一直用手摸著鼻間。這幾年演藝工作的浮浮沉沉裡，他還是希望能留著，那女孩單純的薰衣草味道。

即使是一點點也好。

Track 20

白馬王子的形象如同年久失修的雕像

天氣非常晴朗，我望著他的臉，那樣的光天化日下，他的白馬王子形象好像年久失修的雕像一樣，漸漸裂開，我可以看見縫隙裡的碎片四散。

如果說我的同學之中，有哪一個人具備白馬王子的氣質，我想就是布萊德了。布萊德是我的高中同學，有一張清秀的臉，高高瘦瘦的身材，加上右側的一個細長酒窩，就是有種清純又挑釁的氣質，讓人難以招架。在一次電影賞析的課程中，老師突然發現他長得很像《大河戀》裡的布萊德彼特，問我們有沒有相同的感覺，所以這個稱號就因此產生。

我總覺得他的高中生涯，是用女生的告白堆積起來的。曾經有個賢慧的女孩，天天都削水果給他中午的時候吃；有個隔壁班的學妹，在午休的時候跑到教室裡的講臺上大叫布萊德我愛你；那些摺星星紙鶴的禮物多到數不清，甚至有個瘋狂的女校學生，在手心上寫滿他的名字，差點就要去刺青了。總而言之，全校上下，不管老師或同學，對他都有著濃濃的愛慕，每次打球的時候，那些在場邊殷殷期盼的目光，讓人不傳球給他也不行。

整整三年，布萊德就像是一個住在高不可攀的帥哥閣樓裡，天天吃著高級巧克力、讀著情書的王子。而我，不過就是個普通人，長著普通的臉，頂著普通的髮型，很不幸地跟他同班的可憐蟲。

直到有一天，在同一個打掃區裡，他跟我說了一件事情。

那是校慶結束後，大家都可以提早回家的一個下午。

「妳有喜歡的男生嗎？」布萊德抓抓頭，隨口問著我。

「目前沒有。」我很快地否認，真心希望他會相信我的說法，畢竟全班有百分之五十的女生都暗自喜歡他。

「我有過喔。」他癟著嘴說，表情有點感傷。「不過前天結束了，我想。」

「為什麼呢？」我問。

「我當時身體不太舒服。」他牛頭不對馬嘴地回答。深吸了口氣，又嘆了一口氣。

我露出不明白的表情。他便接著進一步說明。

後來他說了一大段的話，我都沒有打斷他。我想就算他重新跟我再說一次，我依然找不到可以插話的地方。

「我喜歡的那個可愛的女生，是另一個女校的學生，很嬌小，像個洋娃娃，住在臺北車站那附近。有一次我跟她一起搭捷運的時候認識的。一開始就是點點頭，後來偶爾聊天，不算真的交往，只是我有點暗戀她。

「漸漸地，我覺得她也對我有些好感。怎麼說呢？她以前都在另一個車廂裡，戴著耳機聽音樂，但最近好像約好似地，她會故意在最後一個車廂，等我上車，我也會在月臺上看，只要車上沒有穿著短短裙子的她，我就再等下一班。

「有時候進展到，她會主動拿一些小東西讓我帶回家吃，像是麵包餅乾這類的，她自己做的喔！多麼可愛的女生，又漂亮又體貼，我非常感動。

「其實我平常是可以騎腳踏車回家的，這樣還更快一點。不過因為她的關係，我開始天天都坐捷運。坦白說學校離我家相當近，不過我就是坐兩站捷運，跟她短短相處五分鐘，這樣也很高興。別的女生我都不放在眼裡，沒辦法放在眼裡，因為她是我最喜歡的人嘛，我只在乎她。」

布萊德露出幸福的光彩，彷彿人長得英俊還不夠似地，他還能談這種甜蜜青澀的戀愛，讓我覺得非常羨慕。他慢慢地把打掃工具放進櫃子裡面，一面繼續說著話，我也就跟著他在學校裡走著，繼續聽著接下來的故事。

「昨天也是這樣，放學的時候，她又在那節車廂裡了。這是我們不說出口的約定。我帶著微笑走進去，她也笑臉迎向我，可是咕嚕一聲，我的肚子發出奇怪的聲音，我覺得有點不對勁。

「她靠過來對著我點點頭，身上有著水果的香氣，很好聞的味道。我想她應該是混血兒，因為一般女生怎麼會長得那麼精緻呢？

「『今天好嗎？』她問我。

「『很好啊。』我回答。同時肚子以奇怪的方式攪拌著。

「『我這次的模擬考，進步到前五十名喔。』她說，長長的睫毛眨了兩下。

「『是嗎？真厲害，我要更加油一點。』我假裝正常地說著話，但一股拉肚子的衝動，像海嘯一樣朝我洶湧而來。

「『不過我的數學不太好，你數學都上哪家補習班？我也想參考一下。』

「聽到自己喜歡的女生說出這樣的話，我真的很開心，這代表我們就要有更多在一起的時間了。可是當時我一點心情也沒有，我的肚子好痛，越來越痛，根本沒有辦法思考。是真的很痛很痛的那種痛。我想下車，但車門已經關起來了。

「『我還沒有補數學，因為我的數學還不錯。』我一個字一個字回答著，努力保持聲音的平穩。

「『喔，你的腦筋真好。』她笑得甜蜜蜜地，臉有點紅。『那你有空的話可以教我嗎？』

「我點點頭。**前往，國父紀念館站**。車子隆隆地行動起來，一個冷冰冰像機器人的聲音，用各種語言廣播著同一個地點。

「『要不要這星期五一起讀書？你教我幾何的那部分？』

「我張開嘴巴，無法發出聲音，大腿非常痠麻軟弱。

「或許有空可以教你，但**現。在。絕。對。不。是。時。候**。我在心裡這樣想，身體整個下半部都很緊繃的縮著，背都流出汗來了。」

「唉。」布萊德無來由地停了下來，看著我的臉。

「後面的發展有點慘，妳吃過飯了嗎？」他問，我點點頭。於是他繼續說了下去。

「總而言之在那個時候，肚子簡直是要炸開一樣，我再也忍耐不住了，滾燙的液體就啪啦啪啦地流出我的身體，我反射性地後退一大步閃開，並且很熱心地架住那個女生的肩膀，強迫她往旁邊的位子坐下。這樣至少我們可以隔著一個透明塑膠板。

『坐著吧，』我跟她說，『坐著比較安全。』

「她有點嚇到，不過還是乖乖地坐好，順了順她臉頰旁的頭髮。

『你怎麼了嗎？表情怪怪的。』她問，聲音很溫柔。

『沒事。』我回答，盡量保持很酷的樣子，心裡卻非常擔心，不知道她有沒有聞到那臭味。

「然後我低下頭，看見有一滴土黃色的液體，從我褲腳滴落，很明顯的一滴，就在捷運車廂的白色地板上。」

「啊？那怎麼辦？」我驚嚇地問。

「沒有任何選擇啊，我只好伸出左腳踩住。」布萊德無奈地說。

伸出左腳踩住？

對誰來說都一樣，這情況太可怕，超出一個高中生可以控制的範圍。布萊德搖著頭接著講下去。

「後來就是一陣沉默。我從來沒有感覺過跟她在一起的時間居然這麼漫長。

「『你的站到了。』那女生提醒我。

「『沒關係。』我低著頭，寸步不離。現在這個樣子，左腳底下藏著不可告人的祕密，我怎麼可能下車呢？

「然後旁邊有一個人下車了，可能是聞到臭味的關係，他經過我的時候，特別看了我一眼。

「『那你要坐下來嗎？』那女生指指身邊的空位，表情很害羞。『我們一起坐？』

「『不用。』我說。

「我們不再說話，好像有什麼東西死掉了，空氣裡飄著一股奇怪的味道。

「臺北車站到了，她站起身來準備下車。我試著以左腳為圓心，跟她保持最大的距離，樣子有點像要準備比武。

「『你要跟我一起下車嗎？』那女生轉身對著我笑，那笑容中有點嬌媚，可能以為我打算送她回家。要是其他的時候，我都願意陪她下車，但我比誰都清楚，現在不是可以浪漫接送的時機。我鄭重地搖搖頭。

「『拜拜。』我跟她揮揮手，四周振動的空氣裡，大部分都是我發出來的味道，肚子還不肯罷休地隱隱作痛。

「『那你要去哪裡？』她問，表情疑惑。

「『別的地方。』我站著動也不動，繼續揮手示意要她走開，一腳踩著骯髒的東西，另一腳看起來非常為難的樣子。

「『那麼，再見。』她點點頭好像明白了什麼似地，拉著書包失望地走了。

「就這樣我一路站到板橋站，確定車廂裡沒有一個人認識我以後，才匆忙地逃跑。」

「後來呢？」我問。

「昨天，我就沒有在捷運上看見她了。」說完這段話，布萊德抬頭看著天空。

「唉。」

天氣非常晴朗，我望著他的臉，那樣的光天化日下，他的白馬王子形象，好像年久失修的雕像一樣漸漸裂開，我可以看見縫隙裡的碎片四散。我想要安慰他，但剎那間該說些什麼，我卻怎樣都想不出來。

「我跟那女生之間的戀情，大概就這樣結束了。很蠢吧？」他說。

我沒有點頭也沒有搖頭，只覺得命運對他非常殘酷。

「不過遇到這種事也只能想開一點吧，可能是沒有緣分。」布萊德下了很哲學性的結論，像是放下一塊心上的大石頭般，吐了一口氣。「我先回家了，拜拜。」他拍拍我的肩，然後就一溜煙地滑走了。

這時我才注意到，剛剛講話時，他的手正牽著一臺腳踏車，白馬王子留下這個故事，便騎上他的鐵馬離開。那個搭乘捷運進而產生的愛戀故事，被風吹得搖搖晃晃。他埋頭衝刺著，我望著那風吹動著他的襯衫。才一下子，就看不見他的身影了。

Track 21

她是我的菜

那段簡訊內容就像壓死駱駝的最後一根稻草。他腦裡全是芸兒的身影，她的笑，她的味道，她放在他腰間的手指，她那身飄逸的，白色的小洋裝……

「寂寞難耐～」

無來由地，就在洗澡的時候，他邊抹著肥皂，邊扯著嗓子唱著這首歌，喔～寂寞難耐～耐～耐～

或許是那天晚上的夜很深了，天空沒有一顆星星發出亮光，月亮也沒探出頭來，令他忍不住冒出寂寞的感覺。也或許是這些年來，他跟很多女生約會，卻想不起來女孩們真正的樣子，只記得胸部形狀的關係。

於是當電話在空蕩蕩的客廳中響起時，他圍著浴巾，毫不猶豫就答應去參加那個生日派對。

「今天你一定要來，」小真在電話的那一頭啞著聲音吼。她是他的高中同學，有點像男人婆。他聽到小真吸了一口菸，才接著說話：「你敢相信嗎？老娘他媽的三十歲了，老得不像話，你他媽的懂我的意思嗎？」

他點點頭表示明白，因為他們兩人是同年同月出生的孩子。今年夏天，他們都邁入三十歲了，他想不管是誰的媽媽，應該都很懂小真的意思。

他用很短的時間擦乾身體，拉上一件刷色牛仔褲，套上夾克，跳上一輛計程車。我必須好好安慰小真，他在心裡想，雖然每次小真講話都有點（或許是非常）粗魯，不過在這個時候，她選擇打電話給他，就算是一種朋友之間的求援。三十歲了都還沒有男朋友，她一定心碎極了。

不過事情並不是他以為的那個樣子。

當他懷抱著滿肚子義氣，到達ＫＴＶ現場時，才發現這場生日派對是多大的陣仗，一個大房間塞了至少兩個班級的人數，大家雖然吵吵鬧鬧的，但從另一方面來說幾乎算是動彈不得。

這種人山人海的畫面，絕不是小型朋友聚會、溫馨慶生的場面。總共的參加人數，大約有七十人左右。因為很無聊的關係，他跟旁邊的一個男生打賭，對方說大概不超過四十人，他不以為然，他用站在最外圈的左邊牆面人數，乘以另一邊牆的總人數，以長方形面積的計算方式估算出七十這個數字。後來他贏了三杯威士忌。

花了十分鐘，他才勉強擠進人群的核心，跟正在嚼著口香糖的小真打了招呼。

「哎呀，你他媽居然真的來了，算你還有點良心。」小真說，接著拿了一個被喝到一半的酒瓶給他。

「生日快樂。」他說。主角露出很厭煩的表情苦笑了一番。

「老娘我絕對不在三十歲的這一年卡關。」在被小真狠狠拍打了幾下肩膀以後，他聽見她在喧鬧的音樂中冷靜地回答。他點點頭表示贊同，又用盡力氣往自己認識的一小群人靠近過去。

大砲雙手各拿了三瓶啤酒來，他也是高中時期同班同學，他們曾經在舞會上一起泡妞，非常真誠的一個人，現在跟他一樣單身，一樣時常在這種派對裡閒逛。大砲把酒瓶用力地放在桌上，嚇跑了兩、三個女生，他們才終於找到位置坐下。

「幹，我繞了一大圈，連個正妹都找不到，全都很醜怪。」大砲狼狽地埋怨著，說著十幾年前他曾在舞會裡說過的話。流動的時光不曾改變過這個人，那劉海油膩膩的黏在他的額頭上，像中年落魄的搖滾明星。

大砲隨意地指了一下身邊的一個小平頭。「這是阿胖，我朋友，你們認識一下。」

他向阿胖點點頭，阿胖也向他點點頭。

「今天無論如何要喝飽一點，人多到連宵夜區都擠不進去。」阿胖說。他的身形寬大，捧著肥肥的肚子，綽號果然其來有自。

「說實在的，我真的很想走了。」他說。大砲搖搖頭，像個靈性導師一般提醒他認真面對眼前發生的一切。「不要輕易放棄。兄弟。你看看這裡，就是人生的教室，這裡充滿每個都會單身男性都應該好好學習的課題。」大砲煞有介事地說著話，表情嚴肅得非常可笑。

「此地不宜久留，一開始你會逃避地這樣想，這是軟弱的行為。」大砲接著說，一面伸出一根手指頭，對著他指指點點。「你要鎮定下來，懂嗎？鎮定下來。等你學會怎麼在布滿妖怪的空間裡存活，你就升級了。」

他似懂非懂地看著大砲，大砲又自以為是地發表了幾句高見，但音樂的吵雜聲把他的聲音蓋了過去。阿胖焦急地站起身來尋找開罐器，看起來很煩躁。

他轉著頭左看右看，有個女孩高興地站在臺上跳脫衣舞，以為自己很誘人，其實她穿了一條阿嬤型的大內褲，沒有人在乎她的表演。有個男生正準備替一個短髮的女生徒手穿耳洞，他先用啤酒替那女生的耳朵消毒，然後將一根針固定在一個不知從哪裡冒出來的蘋果上，他對準對方發紅的耳垂，啪地一下將蘋果砸過去，大家又叫又跳地非常興奮。

唉。他嘆了一口氣。

大砲拿著麥克風開始唱歌，「獻給在場這些可疑的醜八怪……」他鬼叫了一下，高興地承受大家投射過來的厭惡目光。

寂寞難耐，喔，寂寞難耐～耐～耐～
愛情是最辛苦的等待。
愛情是最遙遠的未來。

阿胖跟他負責喝酒。

「我發誓我要在十二點前逃走。」他信誓旦旦地表示，接著又灌下好幾杯。

但是這個想法，在半夜十二點十分，有了轉變。

十二點十分，一個穿著白色小洋裝的女孩，走進了門口。

就像是有聚光燈打在她身上一樣，他第一眼就看見那美麗的女孩。她留著長長的頭髮，髮尾有點微彎，人群把她向外推擠，讓她看起來有點無助，她用左手把頭髮勾到耳後，露出那雙水汪汪的眼睛，表情像隻落單的小羊。

「她是我的菜。」他興奮地跟大砲說，「今晚我一定要認識她。」

阿胖傻愣愣地還在倒酒，他眯著眼睛專心地把酒倒滿，試圖讓水面的張力擴大到極限，那神情就像一個科學家，正在研究物理學的樣子。

見色忘友的他，站起身來，說了無數次的借過以後，終於站在她面前。

「嘿，我喜歡妳的打扮。」他走過去跟那女孩說了這樣的話，她抓著洋裝的白色裙襬，害羞地告訴他她的名字，叫做芸兒。「好詩意的名字。」他不假思索地接著說。這是發自內心的稱讚，沒有半點虛假。

就這樣他們高興地攀談起來，芸兒跟著他走到桌邊，好幾隻不識相的狼狗也尾隨而至。他當然不讓別人有任何機會，一路下來，他替芸兒擋了好幾輪酒，使出渾身解數，一面教她划拳，又一面跟別人比腕力，逗得她很開心。那死心塌地的程度，活生生體現了寸步不離的忠狗所應具備的條件。

不知道為什麼，最後連別人好心請喝的紅豆湯，他都幫她擋了。

「這裡好熱。」過了一陣子，芸兒在他耳邊吐氣，她的聲音好甜，他忍住不要對她失控地汪汪叫。

「走，我帶妳去吹冷氣。」他站起來，若無其事地牽住她的手，拉著她往角落走，那裡有一臺很大的空調，他們就在那旁邊，享受著涼爽吹送的風，親暱地聊天接吻。

整個過程中，他只記得自己因為這樣的順利跟好運，一直癡癡地笑著，芸兒用纖細的手指撥弄著他的腰間。

世界變得又小又遠了。

「這樣好癢。」他說，然後他就因為酒醉而暈眩了過去。

再醒來的時候，他已經衣衫不整，躺在家裡的沙發上了。

芸兒？他吃力地爬起來，口中念念有詞。芸兒？

他非常確定，除了她的名字跟當晚的樣子，他其他什麼都記不得。

於是他打電話給小真。「你這畜生，除了找女人以外，你會什麼？」表明他的意思以後，小真按例把他先臭罵一頓，才又接著問：「你說她叫什麼名字？」「芸兒。」他說。「你祖媽我有可能認識這種文藝腔的女生嗎？」小真非常不以為然。

「無論如何請妳幫我問問啦，可能是朋友的朋友。」他懇求著。

「媽的你這個人真的很沒用。」小真說完這句話就掛上電話。以他對小真的了解，她這樣說就表示她答應會去找找看，有消息再告訴他的意思。

喔，芸兒。妳是我的菜~他在心裡用寂寞難耐的旋律唱著歌，臉還微微脹紅。這一次他一定要談個天長地久的戀愛。

三天過去了，還是沒有人知道誰是芸兒。他天天照三餐打電話給小真問，小真也露出無可奈何的語氣。

「啊，就真的沒有這個人啊，我到處打聽過了。」她說。「我也沒辦法無中生有。」

「不可能啦，怎麼會沒人認識她，長得很漂亮，高高瘦瘦的女生，穿著針織的白洋裝，皮膚也白白的，我還拉著她走來走去。」這下小真覺得有點好笑了，她戲謔地問著他。

「你確定她走路的時候有腳嗎？」

「什麼意思？」

「不是我要嚇你，不過真的只有你在半夜看到這個芸兒，大家都不認識，你說她到底是人，還是鬼？」小真笑得非常開心。

「**芸。兒。絕。對。不。是。鬼。**」他氣急敗壞地回答，「她是我的菜。」

「哈哈哈哈哈，夜路走多了，你他媽的居然愛上女鬼了。」小真在電話的另一頭，連珠炮的笑聲完全停不下來。

完全無計可施的狀況下，他只好打電話給大砲。但他一點忙都幫不上。「喂，你有沒有看到那一晚我牽著的女生？很可愛的？」他抱著一絲希望問。「兄弟，你欠我一頓飯。」大砲懶洋洋地回答：「你整晚瘋瘋癲癲地邊走邊傻笑，吵得要命，還是我抬你回家的。」

芸兒絕對不是鬼。她是我的菜。他念念有詞，接著打電話給阿胖。阿胖的回答讓他開始有點害怕了。「什麼女生？」他說：「從頭到尾我只看見你猛喝酒，自己跟自己划拳，左手跟右手比腕力，好像很開心的樣子。」

「你喝醉的時候有點智障。」他補充說明。

他掛上電話，腦袋一片空白。那首歌又像回音一樣盪在他的耳邊。

時光不再，啊，時光不再。

只有自己為自己喝彩。

只有自己為自己悲哀。

他用力地搖著腦袋，芸兒絕對不是鬼，她怎麼可能會是鬼，這是屬於他的愛情故事，怎麼變成靈異故事……

就在這時候，小真非常不識相地傳了封簡訊過來。「你口口聲聲說她不是鬼，那我問你，她半夜跑過來，穿什麼顏色的衣服？」

那封簡訊就像壓死駱駝的最後一根稻草。他腦裡全是芸兒的身影，她的笑，她的味道，她放在他腰間的手指，她那身飄逸的，白色的小洋裝……

他抱住頭，縮在沙發上，再也不敢往下想了。

Track 22

你這樣做，我會怕

周圍的人群凍結成靜止的畫面。他瞪大眼睛看著我，彷彿發生了不可思議的外星人登陸地球事件。我用盡全身的重量，更用力地踏了踏他的脖子。

因為家裡住得比較遠，我一直都是坐社區的小巴士，從有點霧氣的半山腰下來，接著轉搭捷運去上學。

我記得是在暑假過後，多了一個跟我同年紀的男生，一起在同站下車。他矮矮胖胖的，戴著眼鏡，牙齒有點不整齊，像一隻讀過哲學書的土撥鼠。

一開始他只是坐在後面，有時候我感覺他從背後，透過厚重的鏡片偷偷盯著我看。幾個星期過去以後，他就漸漸往靠近我的座位搬過來。

我告訴自己，絕對不要因為他，搬離我最喜歡的座位。那個位置靠著窗，窗戶連著下車的門，比其他普通的車窗大了三倍，相對於其他乘客，我因此能看得到最大區塊的風景。

冬天的時候，他終於坐到我旁邊的位子來了。

他對我笑笑，土撥鼠動物般的奇怪笑容，我不是很友善地隨便點了點頭。他想開口說話的時候，我就接上隨身聽的耳機，或是把頭轉過去看著窗外流動的顏色。

我希望他不要煩我。爸爸說過，青春期的男生都很煩人。

或許是因為我的外觀給人一種錯覺，常常有人以為我是那種很親切溫柔的女生。我留著長長的頭髮，從小學畢業以後，就再也沒有剪短過。即使到了高中，我也因為代表學校的舞蹈社團而獲得特權，不用遵循學校的髮禁規定。

除了跳舞以外，我其實並不如外界想像的那樣女性化。我喜歡科幻小說，擅長組裝電器，因為氣喘的關係，小時候還學過各式各樣的運動，像是羽球跟柔道。

都是長頭髮害的。我想。

有一天下車時，那男生終於採取行動，他塞了一張紙條到我的手心裡。「非常想認識妳，可以跟我做朋友嗎？這是我的手機電話、E-mail、MSN、無名部落格……」我讀完那張條列出所有聯絡方式的紙條，抬頭一看，他已經跑得很遠了。土撥鼠的移動速度真可觀，百聞不如一見。

我想起爸爸的話，把紙條揉成一團丟到旁邊的垃圾桶裡。當作這件事從未發生過。

隔天，那男生又塞了一張紙條到我手裡。

「我猜妳應該把我的紙條弄丟了。」他這樣寫著：「不過沒關係，我們是朋友，朋友不會計較這樣的事情。這是我的手機電話、E-mail、MSN、無名部落格……」誰要跟你做朋友？真是不要臉。我氣死了，用力地把紙條撕碎，但他早已經跑掉了，變成遠遠的一個黑點。

後面的四、五天，他一直重複這樣的動作，在車上癡癡地對我點頭便坐在一旁，下車的時候慢慢靠近我身邊，強迫性地把紙條塞過來，然後頭也不回地跑走。

那些紙條的內容，除了開場白會配合他的心情略為改動以外，其他的部分如出一轍，「這是我的手機電話、E-mail、MSN、無名部落格……」

我拿自己的性命發誓，我從來沒有對他有任何進一步的表示。我跟他不是部落格的朋友，不曾寫信給他，更不可能在MSN上跟他聊天。

我連對他做出任何反應都覺得噁心。

透過一些暗中的調查，我發現他是同校的學長，教室在我們班級樓上。他還跟我舞蹈社團裡的一位學姐同班。我編了一個小謊，請學姐跟他說，我爸爸是警察，請他不要再騷擾我。

可是隔天紙條又來了。

「啊！警察伯伯不要抓我！！！」他加了很多驚嘆號，占據了一整頁，接著在背後又繼續寫著：「這是我的手機電話、E-mail、MSN、無名部落格……」他還畫了一個戴眼鏡圓圓臉的卡通人像，在紙上比了一個YA。我盯著那個圖案，站在原地發抖，想到自己居然被土撥鼠般的男生糾纏，真是再倒楣也不過了。我不爭氣地邊走邊哭，或許這樣的事情，還是得本人解決才行。

那一天，我換了運動制服去上學，儘管當天沒有體育課。

下車的時候，我放慢腳步，把書包背到另一側，就像跑步接力比賽時的選手一樣，張開右手等他過來。

他把紙條塞過來的前一秒，我出奇冷靜地深吸了一口氣，接著拉住他的手，扭到另一邊，順著他向前衝的方向，用肩膀的力量，把他狠狠地摔到地上。那著地撞擊的力道，發出砰然的巨大聲響。他的眼鏡歪斜地落在兩公尺外的灰色水泥地上，連鞋子都飛掉了一隻。

「你聽著，」我用腳踩住他的喉嚨，拿起剛剛放進我手中的紙條，彎下腰來對他說：「你這樣做，我會怕！」

周圍的人群都凍結成靜止的畫面。他瞪大眼睛看著我，彷彿發生了不可思議的外星人登陸地球事件。為了讓他清楚明白我的用意，我用盡全身的重量，更用力地踏了踏他的脖子。

「**你。讓。我。很。害。怕。你懂嗎？**」我吼叫著。

因為發不出任何聲音，他只能困難地點著圓圓的頭，表示自己明白了。

Track 23

你不是真正的快樂

就在那安靜得連貓走路都發出聲響的巷子裡，我們豎著耳朵，聽著爸爸對著綠色T恤男生，兩個男人在深夜中交換追求心得。

「這下我慘了。」妹妹插著腰，站在距離陽臺五步遠的地方，沉痛地說著。

此時樓下有一個男生，正彈著吉他唱情歌，在歌與歌的中間，他嘶啞著喉嚨說話。

「下面這首歌，獻給我喜歡的女生，她住在五樓，希望她能聽見我的歌。」

如果我愛上你的笑容
要怎麼收藏要怎麼擁有
如果你快樂不是為我
會不會放手其實才是擁有

「這下我慘了。」妹妹摀住嘴，又再喃喃自語了一次。我走進她的房間，聽見那男生正唱著五月天的歌。

當一陣風吹來風箏飛上天空
為了你而祈禱而祝福而感動

終於你身影消失在人海盡頭
才發現笑著哭最痛

看著妹妹露出驚恐的表情，我也只好跟她一樣，站在離陽臺五步遠的地方。「現在在搞什麼？」我問。「樓下那個男生，是我的學伴。」妹妹面有難色地解釋著。「有天一起讀書的時候，他發神經說他喜歡我，我沒有理他。」

她無奈地指指下面，我好奇地探了探頭。一個穿著綠色T恤的男孩子，坐在路邊的機車上，鬈鬈的短髮，深情地抱著吉他。

「然後他說他要證明什麼給我看，一發不可收拾，變成現在這個樣子了。」妹妹瞇起眼睛，把臉縮在一起，一副莫名其妙被煙霧燻得很痛的模樣。「我跟你講，這是耐力的競賽，我是絕對不會下樓的。」她轉過頭對我說，神情有點像我之前在電視上看到的柴契爾夫人。

「嗯，跟他拚了。」我裝模作樣地捲起袖子，表示支持。

你不是真正的快樂
你的笑只是你穿的保護色
你決定不恨了也決定不愛了
把你的靈魂關在永遠鎖上的軀殼

「哥，現在怎麼辦啦？」過了一陣子，妹妹離開了第一線戰場，苦惱地從房間裡走出來求救。

之前還霸氣非凡，聲稱絕不心軟的她，現在在這首**你不是真正的快樂**歌曲環繞下，頹喪得不能自已，那氣勢兵敗如山倒。「我怎麼會這麼慘啦……」

「他還沒走嗎？」我一邊用浴巾擦著頭髮，一邊往陽臺靠過去，由於之前的幾首歌不太吸引我的關係，我趁著空檔跑去洗了個澡。

你不是真正的快樂
你的傷從不肯完全的癒合

我站在你左側卻像隔著銀河
難道就真的抱著遺憾一直到老了

才剛走進妹妹房間，那男生精力充沛的歌聲，就立刻像蒸小籠包的熱氣一樣，從底部呼嚕呼嚕地冒上來。時間已經是晚上十一點半。「這下我慘了。」妹妹又提了一次。她坐在陽臺旁邊的地上，好像被拳擊手重擊倒地似的。

你值得真正的快樂
你應該脫下你穿的保護色
為什麼失去了還要被懲罰呢
能不能就讓悲傷全部結束在此刻

「唉呦，也不會很慘，」我安慰她，陽臺上的微風已經吹乾了我的頭髮。「有男生喜歡妳是好事。他喜歡彈吉他唱歌示愛，妳就讓他唱，當做聽收音機好了。」

「你值得真正的快樂，你應該脫下你穿的保護色……」我事不關己地跟著唱，嘻皮笑臉地用歌聲補了一槍。「欸，他電話幾號？我可以 Call in 給這位 DJ 點個歌嗎？」

「你真的是沒有用的哥哥。」妹妹用力地瞪了我一眼，表情意外地嚴肅。

為了防止被無情的流彈射到，我只好閉上嘴巴，不敢再多說什麼。

就這樣，風把夜晚的雲吹來吹去，一首歌接著一首歌，綠色T恤男的聲音沒有微弱的趨勢。就像他在間奏時說的，這就是他所謂的**態度**，所謂的強烈的愛意與堅持。

不知不覺不情不願又到巷子口
我沒有哭也沒有笑因為這是夢
沒有預兆沒有理由你真的有說過
如果有就讓你自由

但事情出現了重大的突破。

就在那不情不願的巷子口，一陣再熟悉不過的聲音，從遠方傳來，噗噗噗，噗噗啪啪碰。那是一輛引擎快要壞掉的摩托車發出來的慘烈聲響。噗噗噗，噗噗啪啪碰。不妙，爸爸從外面騎車回來了。

不知道不明瞭不想要為什麼我的心
明明是想靠近卻孤單到黎明
不知道不明瞭不想要為什麼我的心
那愛情的綺麗總是在孤單裡
再把我的最好的愛給你

「啊，啊，這下我慘了，非常非常慘。」我看見妹妹在房間裡跳來跳去，她套上一件夾克，抓了兩支顏色不一樣的襪子在手上。剛剛信誓旦旦絕不下樓的原則，一下子又蕩然無存。

這是我的溫柔這是我的溫柔
這是我的溫柔這是我的溫柔

噗噗噗，噗噗啪啪碰。那聲響越來越近。爸爸那輛吃力的摩托車已經進了巷口。

不知道為什麼，一直以來，爸爸對待我跟妹妹的態度相當不同。他對我的交友漫不關心，卻把妹妹當未成年少女對待。也就是不管有事沒事，絕對不可以跟男生單獨出去。只要是異性，就視同為異形。

我給你自由我給你自由
我給你自由我給你自由
我給你全部全部全部全部自由

「哥，現在怎麼辦啦？」妹妹著急得就要哭了。

我記得，上次不過是有個男生打電話，詢問妹妹某堂課的考試時間，對方就活生生地在電話上被爸爸質詢得昏頭轉向，哀鴻遍野。要是爸爸發現有個不識相的男生居然追妹妹追到家裡來了，真不曉得他會不會騎著摩托車，連人帶吉他把可憐的綠T恤男直接輾過。

「妳現在下樓來不及了……」我慌忙拉住妹妹的手，連我也變得非常緊張。

「那我跳樓快一點……」妹妹推開我，把兩隻彩色的襪子丟在地上。

噗噗噗，噗噗啪啪碰。

我給你自由。我給你自由。

噗噗噗，噗噗啪啪碰。

突然間，那輛摩托車的噪音停了下來。那男生的歌聲也停了下來。

沉默突然變得很大聲。大約十秒鐘。

「你在唱歌給你女朋友聽喔？」

安靜的巷子裡，我聽見爸爸打破沉默，那中氣十足的聲音，從樓下傳上來。

「嗯，還不算女朋友啦，我還在追她。」男孩表示。

「不錯喔，你又會唱歌，又會彈吉他，很有才華。」

「謝謝。」那男生帶著稚氣的口氣，有點不好意思地回答。

「他們兩個到底在搞什麼？」因為張得很用力的關係，妹妹的眼球像兩顆圓滾滾的彈珠，隨時要從眼眶中彈出去的樣子。

「這下妳真的慘了。」我用力捏著妹妹的手，一點都沒有開玩笑的心情。

他們就這樣聊著，你一句我一句的，爸爸像是忘了他買的冰涼涼的啤酒，跟素昧平生的小男生搭訕起來了。他還客氣地借了男生的吉他過來看。我們的手都在冒汗。妹妹當時的表情，很難用簡單的文字形容。

「哎呀，現在追求女生的招數，跟我們當年都不一樣了。」

爸爸現在靠著機車撥弄著琴弦，居然感慨了起來。

「我慘了，我慘了，非常非常非常慘。」妹妹在樓上一直重複著相同的話。我吞著口水，以防大叫出聲。

「那大哥你當年都怎樣追女生呢？」那男孩問。

「嗯，我想想看喔。」爸爸停了一下。

「我慘了，我慘了，非常非常非常慘……」

「講到追女生喔……我當年是有一招還可以啦……」就在那安靜得連貓走路都發出聲響的巷子裡，我們豎著耳朵，聽著爸爸對著綠色T恤男，兩個男人在深夜中交換追求心得。

「你可以試試看寫詩啊……」

要不是自己親耳聽見，我絕對無法想像。但爸爸真的站在樓下，帶著稚氣的口氣，有點不好意思地又花了十分鐘，談了寫詩這件事。

Track 24

為人非常正直？

二哥像是什麼也沒聽到似地動也不動，好整以暇地調整了耳機的位置，在擁擠的人群中，又深深地陷進自己的世界裡去了。

我的二哥為人非常正直。

雖然他算是長得滿好看的男生，功課又很好，有很多女生在聖誕節的時候寫卡片給他，但因為他實在個性非常正直的關係，儘管已經十七歲，一直都還沒有女朋友。比較起來，正在念高三的大哥就是正常很多的男生。他寧願蹺課也不願錯過任何一次跟女校的聯誼，久而久之，練就了嘴巴很甜、善於說笑話的本領。到目前為止，他交過四個女朋友，一個還是正在進行式，不過每當不認識的女生對他笑，他還是會適時地回她一個親切的笑。他總是說，他願意對任何一個可愛的女生笑，除了我以外。總而言之，我的大哥跟二哥是天差地別的兄弟倆，爸媽對這件事一點辦法也沒有。

故事發生在一大早，我們一起去上學的路上。

跟其他的日子一樣，公車上很擠，充滿了汗臭跟口臭夾雜的味道。我們三人分別站在後門的三格階梯，大哥站在最上面，接著是我，二哥站在第三格。車子發出噗噗噗的聲音開動起來，搖搖晃晃得相當吃力。

雖然關於車上禁止飲食的規定，詳細地貼在門邊，一搭上車，我跟大哥還是立刻從書包裡面拿出三明治來，一面像牛一樣大口咀嚼，一面討論晚上想看的電影。今天是週五，週五總是讓我們帶著好心情。

二哥一如往常地接上隨身聽，把外面的世界和他自己的世界，清楚劃線分開來，他最近很著迷七〇年代的反戰歌曲。

在我跟大哥的說說笑笑中，車子滑過下一站，有個還算清純可愛的女學生上車了。她匆匆忙忙地從後門擠上來，門關起來的時候書包還被夾了一下。由於手上還拿著類似裝薩克斯風的樂器袋子，她只能用空出來的幾根手指，以非常勉強的姿態，抓緊扶手跟裙子。就這樣，公車又噗噗噗地發出聲音搖動著，嬌小的她看起來像隻小鹿，非常辛苦地站在最下面一階，面向著我們，身體背對著門。

如同以往，大哥總是第一個發現事情很有意思的地方。他用單邊的牙齒嚼著三明治，用左手肘推推我的肩膀。我隨著他的視線往下一看，哎呀不得了，這個女學生的上衣漏扣了一顆釦子，由上往下看的時候，風光非常優美。

一路上，我們就像占了什麼特別的好處般，吃吃地笑著。公車只要一靠站，她的胸部就會往右邊移動，公車一加速，她的胸部便往另一個方向轉。更別提遇到顛簸的時候了，那滾動的弧度就像是燒開的熱水。「過了下個路口後，有一段柏油路，都是碎石頭。」大哥小小聲地靠在我耳邊說。儘管我是女生，但我還是非常興奮。這輩子，我從來沒有像這一刻，如此期待道路維修。

二哥發現不對勁，抬高眼睛看著我們。

「怎麼了？」他用眼神問著。

基於肥水不落外人田的道理，大哥於是歪歪頭，同樣使著眼神向他示意。

「你旁邊的女生，胸部快要掉出來了。」不曉得為什麼，他的眼神明確地說了這樣的一句話。

二哥立刻轉過頭查看，沒錯，那幾乎半裸的胸部正因為煞車的關係，漸漸向他的方向靠近過來。我嘟起嘴唇，簡直要吹起口哨來，但二哥卻皺起眉頭，露出一副嫌麻煩的表情。

就在這時，前面有輛機車突然變換車道，讓司機用力地急踩剎車。可愛的女學生一個重心不穩，拚命想要抓住旁邊的扶手，卻不小心撞上二哥的肩膀。對我們來說，那個撞擊，就像天上掉下來的禮物。她的領口換了一個視野更寬闊的角度，而淡粉色的內衣肩帶，又向下滑落了幾公分。

我跟大哥笑得越來越開心，連早餐都放下不吃了。

「前面在修路，」對著他們兩人，我用唇形慢慢說著話：「太～讚～了～」大哥偷偷舉起大拇指，像是突然想起什麼似地，他從書包裡拿出眼鏡戴好。好戲即將上場，我們只差手上沒有拿著爆米花。

過了好像半輩子那麼久，綠燈終於亮了。車子緩緩轉著彎，邁向我們期待的路段。就在那個時候，二哥深吸了一口氣。短短一秒內，他轉過身，用雙手扶住那女孩的肩膀，在她還沒意識過來之前，他快速地移動右手，一個動作，用力地把她鎖骨下方的鈕釦扣上。

啊？

整個過程迅雷不及掩耳，就像把自己身後的門順手關上一樣。

什麼？

公車在碎石路上發出隆隆的聲音，我跟大哥都愣住了。

你搞什麼？大哥用眼神責怪著。

那女學生先是驚呼了一聲，接著壓住胸口，滿臉通紅地低下頭。

「謝謝。」過了一陣子，她小小聲地說。

二哥像是什麼也沒聽到似地動也不動，只見他好整以暇地調整了耳機的位置，在擁擠的人群中，又深深地陷進自己的世界裡面去了。

Track 25

那不是我的女朋友

我交叉著雙腳站在球場邊，想起有好一陣子，他站在我的教室前，遲遲不回家，等我整理書包的模樣。

第一次生他氣，是一九九九年，當時十六歲。

一開始不開心的原因，好像是關於慶祝生日的事情，現在完全忘光光了。印象中，我只記得自己胡亂發了一頓脾氣，事後覺得很不好意思，所以跑去球場，坐在場邊看他打球。

他是個天真無邪的男孩，長得純真好看。跟其他很多同年的男生一樣，喜歡在跨步上籃的時候，有個清秀的女孩坐在場邊，為他加油。

很遺憾的是，每當他提出這樣的要求時，我都擺出一副興趣缺缺的樣子。當年的我，只喜歡練習國樂跟觀賞美國電視劇。當年的我，其實不太明白，一群流那麼多汗、不停地跑來跑去、互相叫囂的男生，到底有什麼好看的。

對於男女朋友熱中的興趣，就算你本身覺得再無聊也要互相尊重，彼此鼓勵。這是長大以後，我才慢慢理解的道理。

不過這次是我理虧，於是為了和好，我背著書包，踱步到場邊，站在一個不遠不近的位置，注視著他。

我對著他微笑，但他沒有發現我的存在。

一段距離外，穿著藍色球褲的男友，跟一群朋友在一起，像袋鼠般地跳來跳去。

看著他高興地拍著球，帶著燦爛的笑容，忽然有種超齡的感受襲向我，覺得那張臉，是我一輩子都想看到的表情。

為什麼要跟他鬧脾氣呢？他是那麼可愛的一個男孩子。

很多時候，男女朋友之間爭論的話題，事後想起來，都是無關緊要的事情，但當下卻認真得不得了。我咬著嘴唇，覺得自己好任性。無論如何，我在心裡想，這次一定要先低頭才行。

就這樣，我跟他保持微妙的距離，站在籃球場的兩邊，看著對方。

一切非常浪漫。燥熱的空氣，把他的額頭逼出汗來。

我交叉著雙腳站在場邊，想起有好一陣子，他站在我的教室前，遲遲不回家，等我整理書包的模樣。

那時我滿腦子都是樂器、樂譜，還有比賽練習的事情，從沒有想過，我會跟他在一起，變成男女朋友。

為什麼要跟他鬧脾氣呢？他是那麼可愛的一個男孩子。

「欸，你的女朋友來了。」遠遠地，我聽見他的一個朋友，對著他說。

那朋友指了指我，男友轉過頭來，朝著我的方向，瞇著眼睛看。

我歪著頭，用一種溫柔的方式，對著他笑。

他往前伸了一下脖子，做出孫悟空查看地形的招牌動作，露出疑惑的表情。

我向他揮揮手，又對他笑了一笑。

他更往前走了一步，有點不好意思地對我點點頭，又往後退了一步。

「叫你女朋友過來這邊啊。」他的朋友提議。我拿起書包，準備往前走去。

「屁啦！怎麼可能是我女朋友……」當我正想對男友揮手的時候，突然間，我看見男友插著腰，搖著手，對他的朋友扮了個鬼臉。

「那才不是我的女朋友。」他臉上帶著不以為然的表情，很確定地表示。

接著，我聽見他以無比大聲的音量說：「我的女朋友，沒有這麼漂亮啦……」

十六歲那一年，就因為這樣的一句話，後來我們狠狠地，又吵了一架。

（最後這個故事，是屬於我的。二〇一三年五月二十五日，我將與這位可愛的男士結婚。謝謝他在相戀的十四年間，給了我許多快樂的時光。）

Love 10

你那樣愛過別人了

作　者—葉　揚
主　編—陳信宏
責任編輯—葉靜倫
責任企畫—曾睦涵
封面設計—Fi（Peng, Hsing Kai）空白地區
校　對—葉揚、林芝、謝惠鈴、葉靜倫

董 事 長—趙政岷
出 版 者—時報文化出版企業股份有限公司
一〇八〇一九　臺北市和平西路三段二四〇號三樓
發 行 專 線—（〇二）二三〇六—六八四二
讀者服務專線—〇八〇〇—二三一—七〇五・（〇二）二三〇四—七一〇三
讀者服務傳真—（〇二）二三〇四—六八五八
郵　撥—一九三四—四七二四時報文化出版公司
信　箱—一〇八九九台北華江橋郵局第九十九信箱

時報悅讀網—http://www.readingtimes.com.tw
讀者服務信箱—newlife@readingtimes.com.tw
第二編輯部粉絲團—http://www.facebook.com/readingtimes.2
法律顧問—理律法律事務所 陳長文律師、李念祖律師
印　刷—紘億彩色印刷有限公司
初版一刷—二〇一三年五月十七日
初版二刷—二〇二一年三月二十三日
定　價—新臺幣二五〇元

時報文化出版公司成立於一九七五年，
並於一九九九年股票上櫃公開發行，於二〇〇八年脫離中時集團非屬旺中，
以「尊重智慧與創意的文化事業」為信念。

你那樣愛過別人了／葉揚　著

初版. -- 臺北市 : 時報文化, 2013.05
面；　公分. -- (Love，10)

ISBN（平裝）：978-957-13-5768-3

857.63　　102008640

ISBN 978-957-13-5768-3
Printed in Taiwan